気《き》散《さん》じ北斎

車 浮代
Ukiyo Kuruma

実業之日本社

目次

第三章

第四章

第五章

第六章

終章

装画／紗久楽さわ
装丁／next door design（大岡喜直）

気散じ北斎

第一章

お栄《えい》　寛政《かんせい》七年（一七九五年）〈宗理《そうり》こと北斎《ほくさい》・数え三十六歳〉

――なんと可愛げのない娘っ子だ。

宗理（後の北斎）が、後妻に迎えた川村《かわむら》こと女《め》の娘と会った、最初の印象がこれだった。

本所林町三丁目《ほんじょはやしちょう》、竪川《たてかわ》沿いにある六畳ほどの板の間が、宗理の仕事場であった。入り口近くに座る母の後ろに隠れて、幼女はうつむいたまま、親指の爪を噛《か》んでいる。

「名前は？　歳は？」

下絵の途中であったが、宗理は筆を止めて向き直り、優しく娘に尋《たず》ねた。

「栄える、と書いて栄といいます。六歳になります」

本人を差し置いて、母親が答えた。それもどうやら、こと女がせっかちというのではなく、待っていても答えが返ってこないことを見越しての所行に思えた。

「その子はもしや、口が不自由なのか？」

「いえ、そういうわけじゃないんですけれど……」

こと女は苦笑いして振り返り、娘の背に手を添えて、前に押し出そうとしたが、お栄は嫌がって母親の腰にしがみついた。

「ひどく人見知りで……。慣れれば喋《しゃべ》るようになりますよ」

お栄は、お世辞にも器量良しとは言えない。目は小さく吊り上がっており、下顎が張っている。

こと女とは、お互い再婚同士であった。

宗理には、半年前に病で亡くした先妻の蕗《ふき》との間に、長女・お美与《みよ》、長男・富之助《とみのすけ》、次女・お鉄《てつ》の三人の子供がいる。お美与は奉公に、富之助は養子に出したが、十歳のお鉄とは共に暮らしている。

男手一つで娘を育てるのは難しかろうと、江戸一番と評判の版元・蔦屋重三郎《つたやじゅうざぶろう》を世話人に立て、ひと月前に亭主を亡くしたばかりという、こと女を娶《めと》った。

連れ子がいることは承知の上で、娘同士仲良くしてくれればいいと気軽に考えていたのだが、お栄がこれでは先が思いやられる。

――お鉄がなんと言うやら……。

お栄より四歳年上で、勝ち気で生意気盛りのお鉄は、元より宗理の再婚に難色を示していた。

「新しいおっかさんなんかいらない」と拒むのを、蔦屋が説得してくれた。曰《いわ》く、

「お鉄ちゃんのお父っつぁんは、絵に没頭すると寝食を忘れ、周りが見えなくなるからいけな

い。今はおまえさんがそばにいるから生きていられるが、おまえさんが奉公に出たり、嫁にでも行ったりしたら、誰がお父っつぁんの面倒を見るんだい？」

と、お鉄を子供扱いせず、あくまで宗理のための再婚なのだと説くあたり、さすがは一代で名を成しただけのことはあると、宗理は感心したものであった。

だがこの、いかにも陰気な義妹と対面した時、お鉄はなんと思うだろう。

――まさか虐《いじ》めたりはしねぇと思うが……。

普段は強面《こわもて》で無愛想な男なだけに、よく周りから意外だと驚かれるのだが、宗理は子供が好きだ。

気散《きさん》じに散歩に出て、遊んでいる子供たちを見つけると心が和《なご》む。その場で画帖《がじょう》をめくり、はしゃぎ回る子供たちを写すのはいつものことで、じっとしている像主を写すのとは違い、瞬間を捉え、記憶する能力が必要となるため、画業の良い修練になった。

しばらくすると、何を描いているのかと、子供たちが興味深げに寄って来る。宗理はおもむろに小枝を拾い、地面に迫力満点の獅子《しし》や虎を描いてやる。皆、大喜びで次は何々を描いてくれとせがみ出す。さらには皆に小枝を持って来させ、絵の描き方を教えてやる。

子供の絵は面白い。無垢《むく》な感性で、時折、宗理には思いもつかぬ傑作が生まれることがある。

『型に囚われるな』と、それらの絵は宗理を戒《いまし》めてもくれるのだ。

だが反面、子供の存在が疎《うと》ましくなる時がある。ほかでもない、画業の邪魔をされる時だ。

だからいくら子供たちに懐かれようとも、家までついてくることは許さないし、我が子でさえも、余程《よほど》のことがない限り、画室には立ち入らせない。

お鉄も心得たもので、用がある時は外から声をかけるばかりで敷居を跨《また》ぐことはない。

――まあ、かしましく騒ぐ子供よりゃあよっぽどましか。この子なら、俺の邪魔をすることはあるめえ。

静かにしていてくれるならいいとしよう、と机に向かった矢先、

「それじゃあ私は残りの荷物を運んで来ますから、しばらくこの子を見ていてくださいな」

宗理が止める間も無く、こと女がお栄を置いて出て行ってしまった。

「……」

「……」

板の間に気まずい沈黙が流れた。お栄は相変わらず、入り口近くに座ったまま、目を伏せて爪を噛んでいる。

「茶でも飲むか？」

角火鉢に乗せた薬缶《やかん》が湯気を立てている。

「そこは寒いだろう。もっとこっちに寄りねぇ」

煮出してあった茶を湯呑みに注ぎ、猫板《ねこいた》の上に置いた。……が、お栄は近づく気配もない。

「菓子はどうだ？」

贔屓《ひいき》筋から差し入れの、とっておきの羊羹《ようかん》を切って、湯呑みの横に並べた。

「ほら、遠慮しねえで食いな。うまいぞ、こいつは」

「……」

「見られてたんじゃ食いにくいか？　なら俺は仕事を続けるんで、ここでおとなしくしてな」

うなずきもしない娘に業を煮やし、宗理はお栄を放っておくことにした。

正月に飾る、七福神の摺物《すりもの》の下描きに没頭するうち、宗理はいつしか、お栄の存在を忘れていた。どうにも構図が気に入らず、描き損じをクシャクシャに丸めて放り投げたところ、背後でカサッと微《かす》かな音がし、ハッと振り向いた。

お栄が丁寧に反古《ほご》を広げ、唇をへの字に結び、小さな目でじっと見つめている。

その姿が妙に愛おしくなって、

「絵が好きか？」

聞くと、お栄はビクリと身体を硬直させた。

「見てな」

言うと宗理は、面相筆《めんそうふで》を太筆に持ち替え、描き直そうと広げてあった真新しい紙に、横一直線と波線、ギザギザに折れ曲がった線を描いた。

お栄は最初、首を伸ばして見ていたが、次第に立ち上がり、遂には宗理の隣に立って手際を見つめていた。

「ほれ、手本だ」

宗理は床板の上に描いたばかりの紙を置くと、その隣に下敷きを置いて白紙を乗せ、文鎮《ぶんちん》で留めた。さらには筆や墨などの書道具一式を並べた。

書の稽古の場合、最初に書くのは「一」と「｜」、そして撥《は》ね、留め、払いなどの技が全て一文字に凝縮された「永」の字に行き着くが、絵の稽古の筆使いは三本の線から始まる。すなわち、真っ直ぐな線、曲線、折れ線である。

「三匹の蛇の絵だ。描いてみな」

ひるむかと思いきや、お栄は素直に白紙の前に正座し、手本を見ながら実に軽やかに、スーっと一本目の線を引いた。

宗理はほう、と感心し、

「物を描くのは初めてじゃねえのかい」

聞くと、お栄は首を横に振った。

「初めてか……。こりゃあ驚ぇたな」

「お……」

お栄が初めて声を発した。

「なんだ？　何が言いたい？」

「おっ、おっとうが……絵を描くのを、見てたから……」

「ほぉ。お前のお父っつぁんは、絵師なのかい？」

お栄は、またもや首を横に振った。

「まぁいいか。……どれ、次のも描いてみな」

お栄はうなずき、躊躇《ちゅうちょ》なく波線を描いた。

「いいぞ。なら三匹目も描けるよな」

ギザギザの線を、角々でしっかりと留めて、最後まで描き上げた。

「見せてみろ」

宗理はお栄の描いた紙を手元に引き寄せ、驚愕した。まさかと思って自身が描いた手本と二枚を重ね合わせると、ピタリと一致したのだ。つまりお栄は、宗理が描いた三本の線をそっくりに真似るだけでなく、位置までも正確に把握していたことになる。

「なんてこった……」

宗理は、物《もの》の怪《け》を見るような目でお栄を見つめた。手本の上に紙を乗せてなぞる〝敷き写し〟をしたわけでは決してない。お栄が手本を横に並べて三本の線を引くところを、自分はこの目でしっかりと見ていたのだから。

――こいつは……とんでもねえや！

恐るべき天分を秘めた娘――。

宗理は俄然《がぜん》、お栄に興味を持った。

「すごいぞ、お栄！」

頭を撫《な》でてやると、お栄は狐《きつね》の面のように、キュッと目を細め、吊り上げた。

――笑ってる……のか？　これで？

宗理は吹き出した。こんなにぎこちない笑顔を初めて見た。可哀想さと可愛らしさが混在し、この子を守ってやらねば、という気持ちが生まれた。

「もっと描きてぇか？」

コクリとうなずく。

「よし、おめえは今日から俺の娘だ。もっと絵が描きてぇと思うなら、親子の証《あかし》に俺の筆をやろう。……どれが欲しい？」

宗理は、二十本近くの筆が刺してある竹筒を摑《つか》んでお栄に見せた。するとお栄は、一瞬竹筒を見た後、視線を机上に向けた。

そこには、宗理が先ほどまで使っていた面相筆が置いてあった。面相筆とはその名の通り、繊細な顔の表情などを描く時用に作られた、極細でコシのある筆である。

「あの筆がいいのか？」

お栄がコクリとうなずいた。

これも意外なことであった。子供の手習いの最初は、先ほど宗理がお栄に渡したような太筆で、大きな字を書く。絵も同じで、最初から手元の定まらない細筆の使い方を教えたりはしない。しかも面相筆はさらに細く、髪の毛一本から竹ひご一本ぐらいまでの線を描く時に使うものだ。

——扱えるわけはねぇ。

すぐに穂先を潰して、筆を駄目にしてしまうだろう。しかも宗理にとっては、下絵を描く時はこれと決めた、大事な筆だ。だが〝親子の証〟に贈ると決めた約束を覆すわけにはいかない。

「わかった」

宗理は面相筆と、紙屑屋《かみくずや》に引き取らせるため、丸めた反古を溜めてあった籠《かご》をお栄に見せた。

「こん中の紙に、好きなだけ描いていいぞ」

お栄は目を吊り上げてそれらを受け取り、早速籠の中の反古を一枚ずつ開いては丁寧に伸ばし、重ね始めた。

――そういやあ、俺が初めて筆を持ったのも、六つの時だったよな。

その時も、義父と母を驚かせたものだったが……。

時太郎《ときたろう》〈こと北斎・六歳〉　明和《めいわ》二年（一七六五年）

はじめは、雲だった。

あのふわんとした綿のような、輪郭《りんかく》があるようでなく、ないようである、至極ゆったりと動くものをどう描けば絵にあらわせるのか。

春は淡くぼんやりとたなびき、夏には重くどっしりと膨らみ、秋には遠く広々と波打ち、冬には薄く軽やかに透けている。季節だけでなく、時刻や天気によっても形を変え、色を写す、摩訶不思議《まかふしぎ》な物体――。

天気のいい日は土手に寝転がって、そうでない日は縁側から空を見上げて過ごした。頭の中で描いては消し、描いては消しを繰り返し……。

養子の分際で、自由に使える紙など持てなかった。

後の葛飾北斎は、宝暦《ほうれき》十年（一七六〇年）九月二十三日、葛飾《かつしか》郡本所割下水《わりげすい》（現・東京都墨《すみ》田《だ》区亀沢《かめざわ》）で生まれた。時太郎と名付けられ、数えで四つの時に幕府御用達の御鏡師《おかがみし》・中島伊《なかじまい》勢《せ》の養子に入った。

母の志乃《しの》に手を繋がれ、両国回向院《りょうごくえこういん》の奥に建つ屋敷の裏手に回り、身を隠すようにして門をくぐったその日のことを、時太郎は鮮明に覚えている。貧しい暮らしから一転、土塀で囲まれた蔵屋敷に連れて来られ、「今日からここの子供になるのだよ」と、母から言い含められたのだ。

屋敷の庭には藤棚が満開になっており、風に乗って花がさわさわと揺れる音と共に、ほのかに甘く爽やかな、高貴な香りが漂っていた。


当時の時太郎はあずかり知らぬことではあったが、この養子縁組については、元禄《げんろく》十五年（一七〇二年）に起こった、赤穂浪士《あこうろうし》の吉良《きら》邸討ち入りと深い関わりがあった。

志乃は、吉良家の家臣・小林平八郎《こばやしへいはちろう》の曾孫に当たる。

深夜、赤穂浪士の奇襲を知った小林平八郎はまず、男手一つで育てていた五歳の娘を抱えて駆け出し、吉良邸の門前に居を構えていた中島家に、有り金全部と共に預けた。己の身にもしものことがあれば、この子を育ててくれと。

果敢に戦ったものの平八郎は討ち死にし、中島家では子供がいなかったため、この娘に養子を取って跡を継がせた。この娘の孫が志乃である。

中島家当代の伊勢は志乃の再従兄妹《はとこ》に当たり、跡継ぎがいないからと、志乃の末子の時太郎を養子に欲しいと乞われたのであった。


時太郎には、志乃の夫であるはずの、父の記憶が全くない。

「お前の父の清七《せいしち》は、『仏清《ぶっせい》』という名であちこちの寺を訪れ、仏様を彫る仕事をしているのですよ」

と母から聞かされていたが、物心がついてから一度も家に帰ってきたことはなかったし、実家を離れて二年経った今では、歳の離れた兄弟たちの記憶もおぼろげである。

中島家では、まず仏壇の前に座らされた。真新しい位牌が置いてあり、ろうそくと線香が立てられていた。

「生きていれば、おまえの母親になるはずだった人ですよ」

志乃が言った。時太郎は意味がわからず、キョトンと母の顔を見つめていると、

「もっとも、この人が亡くなったから、おまえはここに来られたんだけれど。……さあ、手を合わせて。拝みなさい」

志乃が鈴《りん》を鳴らし、手を合わせた。

なぜ母親が二人いるのか、その人が死んだから養子に入れたとはどういうわけなのか。母のことばが引っかかりつつも、当時の時太郎には、それが示す意味が理解できないでいた。

幼子が寂しがってやしないかと、志乃は三日と空けず、中島家を訪ねた。

義父の伊勢はと言えば、所用で出かける時以外は、ほぼ仕事場に籠もっていた。弟子と共に、灼熱《しゃくねつ》地獄と化した土間で、溶かした胴と鉛を鋳型《いがた》に流し入れて鏡を作っているか、板の間でひたすら鏡面を水銀《みずがね》で磨くかしていたので、顔を合わせるのは食事の時ばかりであった。

土気色の肌をして、目の下に隈《くま》のある陰気な男に、時太郎は懐けないでいた。

日がな一日、歳もさほど離れていないねえやと過ごす日々だったが、ねえやが遊び相手になってくれたり、時々は志乃が泊まって行ってくれたため、寂しくはなかった。

「おまえは兄さんたちとは違う、特別な子供なのだよ……」

志乃は時太郎に添い寝をして、そう言いながら頭を撫でてくれた。時太郎は、もはや乳の出ぬ乳房をしゃぶりながら、眠りにつくのであった。

六歳になった正月、時太郎は義父から初めて筆を与えられ、書き初めをした。伊勢の横には志乃もいて、二人に見守られながら、純白の紙に筆を下ろした。

まだ文字も教わっていない頃だったので、伊勢も志乃も、丸か線、もしくは何かの絵を描くのではないかと予想していた。

ところが時太郎は、迷いもなく『〼《ます》』という、思いも寄らぬ字を書いたので、二人は驚いた。

「なぜその字を書いた？」

問い詰めるような口調で伊勢が尋ねた。

「青物屋の木札にありました」

何かまずいことをしたのだろうかと、時太郎がたどたどしく答えた。

「ああ、『たまごあり〼』の木札ですね」

志乃が笑った。青物屋の店先では野菜の他に、近隣の百姓が庭で飼っている鶏の卵が、籾殻《もみがら》を敷き詰めた箱に立てられ、売られている。

「なんと。読めもせぬのに、⧄を覚えたのか」

「この子は、文字よりも形に関心があるのかも知れませんよ……」

伊勢はうなり、志乃は目を細めた。

何を感心されているのかはよくわからなかったが、時太郎は筆を貰《もら》ったのが嬉しくて、翌日から日がな一日、物の形を写していた。

『墨と紙さえ与えておけば大人しい子ども』と、最初は喜ばれたのだが、そのうち紙が真っ黒になっても描き足りず、床の間に飾ってあった掛け軸を真似て、襖《ふすま》に犬の絵を描いたところ、伊勢にたいそう叱られて、筆を取り上げられてしまった。

空に浮かぶ雲に魅かれたのはそんな時期で、時太郎は図らずも、頭中で絵を組み立てる訓練を、幼少期から積んでいたことになる。


字が読めるようになると、ねえやに頼んで貸本屋で『赤本《あかほん》』と呼ばれる子供向けの絵本を借りてもらい、挿絵《さしえ》を真似て絵を描く日々を過ごした。

七歳からは武家が通う学問所で学び、十二歳になって、そろそろ御鏡師の修業が始まるかと思われた矢先、時太郎の将来を大きく変える出来事が起こった。伊勢に子が生まれたのだ。

伊勢は再婚したわけではなく、見習い奉公に来ていた十七歳の娘に手をつけて子を生ませ、さらにその娘を後妻にと望んだ。

このことを志乃が知ったのは、赤子が生まれてからひと月後の、宮参りが済んだ後であった。

後妻の留守中に伊勢から屋敷に呼び出され、

「跡継ぎが生まれたから、養子縁組をなかったことにして欲しい」

と告げられた。

「なんと……おっしゃいました？」

志乃は目を見開き、震える声で問うた。

「時太郎を返す、と申したのだ」

「そんな……今更……」

「これまで育ててやったし、そなたの家には支度金もくれてやった。十分であろう」

伊勢は冷たく言い放った。

「ですが時太郎は……！」

志乃が声を荒らげ、伊勢に摑みかかった。志乃の手首を伊勢が捉え、睨《にら》み下ろした。

「騒ぐな、みっともない。そなたとわしは親類縁者ゆえ、そなたの子息を養子に求めた。実子ができた今となっては災いの種になることは、世の常であろう。時太郎にとっても、肩身の狭い思いをしたままここにいるより、ずっといい」

「奉公人なんぞに手をつけて……恥を知りなさい！」

志乃が叫んだ。伊勢はふっと表情を緩め、

「そなたが寡婦《かふ》であったら良かったのにのう……」

と、薄《うす》ら笑った。

「くっ！」

志乃が伊勢の手を振りほどき、顔を背けた。

「それに、あれに御鏡師は向いておらん。飾ってある鏡に見向きもせんし、用がなければ仕事場に近づこうともせん」

「まだ幼いゆえ、お勤めのなんたるかがわからぬのでございましょう」

「絵を描くことは大層好きなようじゃが。鏡を作るがごとく型にはまった生き方より、何もないところから形を作る方が向いているのではないのか。そなたの夫の仏清のようにな」

「……」

時太郎は、襖を隔てて二人のやりとりを聞いていた。屋敷で暮らしていれば、赤子の誕生は気配でわかるし、そのことで母が呼ばれただろうことも察しがついたため、こっそり隣室に入り、息を殺していたのだ。

結句、時太郎は養子縁組を解かれて本所の実家に戻された。

兄たちはすでに独立しており、志乃は一人暮らしだった。これまでは中島家からの援助で暮らしていたようなものだが、幾許《いくばく》かの手切れ金では心もとなく、時太郎はすぐにでも働きに出なければいけなくなった。

「幕府御用達の御鏡師の跡取りであれば、一生安泰で、人に使われることもなかったのに……」

貸本屋に奉公に行くことが決まった日、志乃は悔し泣きをしていたが、時太郎は自分をそれほど不幸だと感じてはいなかった。

母に会えなくなるのは寂しいし、仕事は厳しいかも知れないが、本に囲まれる生活に憧れがあったからだ。

鉄蔵《てつぞう》〈こと北斎・十二歳〉　明和八年（一七七一年）

「鉄蔵！　これ、頼んだよ」

幼名の時太郎から名を改めた鉄蔵は、女将《おかみ》さんから両手いっぱいの洗濯物を渡された。手ぬぐいや下帯、襦袢《じゅばん》に浴衣《ゆかた》などが重ねられている。

「それと、はいこっちも」

古い手桶に入れて渡されたのは、赤ん坊のおしめである。鉄蔵は、まだ湯気の立つそれらの臭いに顔をしかめながら、井戸端に向かった。

鉄蔵が奉公に入ったのは、中年の夫婦者が営む貸本屋であった。夫婦は子沢山で、家事の手伝いもあって忙しかったけれど、毎日多くの本や錦絵を背負ってお得意先を回り、お客に勧めるために山ほど本を読み、存分に挿絵を写せる生活は、悪くはなかった。住み込みなのをいいことに、志乃への仕送り以外の給金は全て紙代に使った。

そんな生活が二年続いた。絵を描くことは大好きだが、自分が絵師になれるなんぞ思ってもみなかったし、絵師になる手段もわからなかったけれど、せめて貸す側ではなく、作る側に回りたいと考えるようになった頃、主人に呼ばれた。

「隣町の彫政《ほりまさ》親方から、手が足りないから誰かいないかと聞かれたんだが、鉄蔵、おまえ彫師の修業をする気はないか」

長男と長女が、家の手伝いができるほどに育って来たので、今のうちに鉄蔵に抜けてもらうのは好都合、という主人の本音が透けて見えたが、作る側に回れるのはありがたい。渡りに船と鉄蔵は、十四の時に貸本屋を辞め、彫師に弟子入りすることになった。

そのことを志乃に告げるため、鉄蔵は十一月の末に本所割下水の実家に帰った。

「ただいま戻りました」

引き戸を開けて土間に立つと、居間に母と、知らない男の姿があった。

坊主頭で無精髭《ぶしょうひげ》を生やした痩せぎすの男だった。火鉢の側で半纏《はんてん》を着てあぐらをかき、黙々と木彫りの仏像を彫っていた。その姿はどこか、ひたすら鏡を磨き上げる、義父であった男の姿を彷彿《ほうふつ》とさせた。

──仏師……ってことは、おいらの父親の清七か！

鉄蔵が無言で父を見据えていると、

「誰だ、お前？」

清七が手を止めて顔を上げた。太い眉にぎょろりとした目が、達磨《だるま》法師にそっくりだった。

──なんだい、ちっともおいらに似てないじゃないか。

鉄蔵は、誰が見ても親子とわかるほど母親似であったが、少しは父の面影もあるものだと思っていたのだが。

「お帰りなさい。……ほらあなた、末の息子の鉄蔵ですよ」

志乃は、持っていた燗酒《かんざけ》を盆ごと炬燵《こたつ》の上に乗せ、

「寒かったでしょう。早くこっちに来てお炬燵《こた》にあたりなさい」

土間に突っ立ったままの鉄蔵に、布団を上げて手招きした。

「ああ、わしが旅に出る前にできた子か。身重《みおも》になっていたとは知らずに十年以上も戻らず、苦労をかけたな」

「本当ですよ」

志乃は、朗らかに笑って清七に酌をした。

「幾つになった？」

清七が、炬燵の向かい側に座った鉄蔵に問いかけた。

「十……」
四、と言いかけたところへ、
「もう十五になります」

志乃が答えをさらった。

——そういう……ことか。

鉄蔵は、中島家に養子に入った幼い日に、仏壇の前で言われたことの答えに、ようやく思い至った。

『生きていれば、おまえの母親になるはずだった人ですよ』

『もっとも、この人が亡くなったから、おまえはここに来られたんだけれど』

あの時、母はそう言った。仏壇の主が、中島伊勢の妻であったことはすぐに知れたが、妻が亡くなったから養子に入れた、という意味が、ついぞわからなかったのだ。

己は、清七が旅に出る前にできた子ではなく、旅立った後にできた子だったのだ。

——伊勢はおいらの、実の父親だったってことか。

だから、妻が死んでから鉄蔵は中島家に引き取られ、母は頻繁に泊まっていくようになったのだ。

伊勢から養子解消を言い渡された時、志乃があれほど激昂《げっこう》したのも合点がゆく。自分という女がいながら若い女中に手をつけて正妻に迎え、同じ伊勢の血を引く息子でありながら、自分の子を排斥したのだ。

『そなたが寡婦であったら良かったのに』

と言った伊勢の言葉も腑に落ちた。いくら良い仲になって子まで成したとしても、人妻である志乃を娶れるわけがない。

清七がいっそ、旅立つ前に三行半《みくだりはん》でも書いておいてくれれば再婚の許可が出て、志乃は中島伊勢の後妻という道を選ぶこともできたのだ。

「宿下《やどさ》がりには少し早いけれど、今日はどうしたのです？」

志乃が尋ねた。鉄蔵はじっと母の顔を見つめた。

今は穏やかに笑っているが、身勝手な男どもに翻弄されて、母はさぞや悔しい思いをしてきたに違いない。

「……おいら、貸本屋の旦那に勧められて、明日っから彫師の政五郎《まさごろう》親方のとこで修業することになったから、それを伝えようと思って」

「そう。今夜は泊まって行けるのですね」

「いや、今日中に親方んとこへ挨拶に行かなきゃなんないから、すぐ帰るよ。……これ、もらって来たから」

鉄蔵は懐から数冊の浄瑠璃《じょうるり》本を取り出すと、炬燵の上に置いた。人気がある本は複数冊仕入れて貸本にするが、一通り回りきって借り手がつかなくなると、一冊ずつ残して払い下げることになっている。鉄蔵はそれらを、土産《みやげ》にと貰い受けて来たのだ。

「まぁ、嬉しい」

志乃が浄瑠璃本を受け取って目を通し始めた。俯いた母を、鉄蔵はしげしげと眺めた。

――髪に白い物が混じってら。それに、肩がふっくら丸くなって……体に肉が付いたみてえだ。肌はしっとりして、前より艶っぽくなったよな。

鉄蔵は経験こそないものの、貸本の中には好色本の扱いも少なくないため、色事《いろごと》についての知識だけはあった。父が帰って来たことで、母が満たされているのだと思うと、いたたまれなくなった。

「どうしたのですか？」

自分を見つめる視線に気づいて、志乃が鉄蔵を見上げた。

「いや、何でもねえよ」

「変な子ねぇ」

うふふ……と吐かれる志乃の息まで生暖かいような気がして、思わず顔を背けた。

「おいら、そろそろ帰るよ」

鉄蔵が立ち上がるのに合わせて、志乃も浄瑠璃本を置いて立ち上がった。鉄蔵は同い年の子に比べて背が高く、志乃の上背に並んでいる。

「新しい仕事場でも、しっかり修業するのですよ。身体には気をつけて。くれぐれも寝る時にお腹を冷やさないようにしなさいね」

志乃が頭の上に手を置いた。子供扱いされたことを、鉄蔵は心中で拒絶したが、おくびにも出さなかった。

本当の父親が誰かと気づいたところで、何かが変わるわけでもない。母には母の事情があってのことだろう。風来坊で仏師を気取り、金子《きんす》どころか便りひとつ寄越さなかった父など居ないも同然。誰も母の不義を責めることなどできはしない。

己は、この母から生まれた。それは確かなことで、それだけで十分だった。

「うん。それじゃあ」

鉄蔵が踵《きびす》を返して立ち去ろうとすると、

「おい、小僧っ」

清七が背後から声をかけた。鉄蔵が振り向いた瞬間、何かが弧を描いて飛んで来て、思わず右手で受け止めた。掌にちょうど収まる大きさの、阿弥陀如来《あみだにょらい》の木像であった。ざっくりと彫られた木像は素朴で無表情だった。思慮深く全てを達観しているようにも、何も考えていないようにも見えた。

「気休めかも知れんが、持ってけ」

だがそれがいい、と鉄蔵は思った。丁寧に彫られた仏像ならば、汚してはいけない、壊してはいけないと気を遣い、負担になる。だがこれならば、いつの間にか無くしたところで仕方ない、で済みそうだ。

「うん。ありがとう」

でも己はきっと、この木像を大切にするだろう。清七が鉄蔵を、実の息子と信じているのか、それとも信じたふりをしているだけなのかはわからないが、「そんなことはどうでもいい」と、この像は言ってくれているような気がした。

鉄蔵は、父からの贈り物を懐の奥にしまった。


貸本屋の勧めで入った、彫政こと政五郎親方の家には、離れに八畳ほどの板の間があり、そこに親方と、兄弟子が三人詰めていた。

彫師修業の一年目は、下働きに明け暮れた。掃除、使い走り、版木の整理、道具の手入れなど、兄弟子たちからこき使われる日々であった。

二年目に入ると、『さらい』と呼ばれる、色板の凹版の不要な部分を、鑿《のみ》で彫りさらう仕事を与えられた。誰でもすぐにできるようになる作業ではあったが、彫刻刀を与えられ、版木が彫れるのは嬉しかった。

仕事が終わってからは、輪郭線や細部を彫るために、刃先が斜めになった『切り出し』という彫刻刀で、線画を彫る鍛錬を重ね、腕を磨いた。

俗に、『摺りに三年、彫り十年』と言われるほど、一人前の彫師になるには時がかかる。ところが鉄蔵は、丸二年修業して、早くも文字彫りを任せてもらえるほどの上達を見せた。だが、それから数年で飽きてしまった。

鉄蔵は幼い頃から、できないことを克服するのには執念を燃やすが、あがりが見えると、とたんにやる気を無くしてしまう性質を持っていた。

彫師のあがりは『頭《かしら》彫り』や『毛割り』を手がけることだ。

木版彫りの仕事場は分業制であるため、親方が主板の顔の輪郭や髪の生え際を彫り、あとは弟子たちの腕に応じて、着物の複雑な柄を彫る者から、単純な色板しか彫らせてもらえない者までさまざまである。

——親方が彫る、役者大首絵《おおくびえ》（半身像）の髪の生え際の細《こま》けぇこと。見事な職人技だが、ざっと目算して、あと二年も修業すれば、おいらもあのくれぇは彫れるようになるだろう。そん時、おいらはまだ二十だ。その先は、同じことの繰り返しが何十年も続くってことだよなぁ……。

そう思うと厭《いや》になった。やはり自分は、あがりのない世界で生きてゆきたい。作る側の人間——無から有を作り出す絵師にはあがりがない。

幼い頃、雲を描こうと躍起になったように、絵師としてならきっと自分は一生涯、飽きずに探究心を燃やし続けていられるだろう。

それまでは、暇さえあれば彫りの腕を上げるために時を費やしていたが、やはり絵師だと気づいた途端、またぞろ人目を忍んで絵を描き始めた。

彫師の仕事場にいれば、依頼主である版元や、絵師や摺師とも顔を合わせるようになり、仕事の流れや仕組みがわかってくる。摺物の多くは、版元が案を出し、絵師・彫師・摺師に依頼し、出来上がったものは、版元が営む地本問屋《じほんどいや》で売られる。

鉄蔵が絵師として食べていけるようになるには、力のある版元から依頼がひっきりなしに来る、勢いのある絵師の一門に入るべきだと思い至った。有力者の紹介があれば、比較的簡単に弟子入りできることもわかった。

上下関係が厳しいのはどこも同じで、年齢に関係なく、一日でも早く弟子になった方が兄弟子になる。つまり、弟子入りするなら少しでも早い方がいいということだ。

師匠選びをするため、鉄蔵は絵師の洞察に励んだ。摺物にはくまなく目を通し、絵師たちの評判を集めた。人となりを聞いて憧れる絵師もいたし、がっかりする絵師もいた。

――せっかくなら、三羽烏《さんばがらす》の内の一人がいいよな……。

安永《あんえい》年間のこの時代、浮世絵師の三羽烏と呼ばれたのは、美人画や花鳥画を得意とする礒田《いそだ》湖竜斎《こりゅうさい》と、独学で絵を学び、何でも器用に描き分ける北尾重政《きたおしげまさ》、そして役者の似顔絵を得意とする勝川春章《かつかわしゅんしょう》であった。

――一番でかいのは勝川派だが、役者絵ってのがどうもな。湖竜斎の絵は好きじゃねえし、やっぱり重政かなぁ……。

などと、弟子入り先を見定めていた。

そんなある日、親方の名代《みょうだい》で、勝川派の書画会に赴くことになった。総帥《そうすい》である勝川春章の、五番弟子のお披露目との触れ込みだった。

正直言って、選択肢から外した勝川派の、しかも弟子の作品に興味はなかったが、書画会というものには興味があった。自分もいずれ絵師になれば、行うことになるはずのものだからだ。吉原遊廓《よしわらゆうかく》の大門《おおもん》近くにある、料理茶屋の二階の大広間がお披露目の場であった。二十畳敷きの座敷に、客は十名弱。名代である鉄蔵は末席に着いた。

「皆様、本日はようこそお集りくださいました。私、勝川春章の弟子の、勝川春好《しゅんこう》と申します。本来ならば師匠の春章がこの場でご挨拶すべきところ、病床の身ゆえ、不肖、この春好が名代を務めさせていただきまする」

春好は、三十代半ばといったところか。骨太で、角張った顔立ちの男が頭を下げた。

――なんでい、向こうも名代かい。せっかく春章に会えるかと思ってたのに。

絵師と彫師は交流があるとはいえ、売れっ子になると下っ端を使いに寄越すか、版元の方から赴くばかりなので、鉄蔵はまだ、三羽烏の誰とも会ったことがなかった。

だが、春好と言えば春章の一番弟子だ。躍動的な役者絵は師匠をも凌《しの》ぐ人気がある。近頃の春章は肉筆画に熱心で錦絵を顧みないため、版元連中としては、春好に会えた方が利があるというもので、誰も失望する者はいない。

次に春好は、隣でかしこまっている若者を紹介した。

「ここに控えますのが、本日お披露目となります、勝川春常《しゅんじょう》でございます。どうぞお見知り置きのほどを」

春常と呼ばれた若者は顔を上げ、

「勝川春常でございます。どうぞよろしくお願い申しあげまする」

と緊張で声をひっくり返させながら、再び頭を下げた。

――おいらより若ぇじゃねぇか。万が一、おいらが勝川派に入ったら、こいつの弟弟子《おとうとでし》ってことか。……うへえ、ご勘弁だな。

思いつつ、ふと見上げた床の間に、目が釘付けになった。

そこにはなんとも華やかで優美な、美人画の掛け軸が飾られていたからである。

――すげぇ……。

鉄蔵は息を吞んだ。

抜けるような白い肌の白拍子《しらびょうし》が、秋草の中に佇んでいる。舞の稽古をしていたのだが、虫の声に気づいてふと手を止めた、といった風情である。

「恐れ入りやす。その軸は、春常さんが描かれたもんですかい」

気持ちが昂《たか》ぶって、思わず身近にいる人間に声をかけてしまっていた。すると、上座にいた

恰幅《かっぷく》の良い男が、

「馬鹿なことを言いなさんな。いくら春章師匠の弟子でも、おいそれとこれほどの絵が描けるものか」

とたしなめた。おおかたどこぞの版元だろう。二人のやりとりに気づいた春好は、馬鹿にこそしなかったが、

「こちらは師・春章の作でございます。本日、伺えなかったお詫びに、と……」

と、慇懃《いんぎん》にこたえた。

「『春章一幅値千金《あたい》』という言葉を知らんのか」

さきほどの男が叱責《しっせき》まじりに続けた。

「もちろん、存じておりやす」

数年前に売り出された洒落本『後編風俗通』に、春章の腕前を称えたその記述があり、一躍有名になった言葉である。元々は、北宋の詩人・蘇軾《そしょく》が詠んだ『春夜詩』の冒頭、「春宵一刻値千金」になぞらえたものだ。

狩野《かのう》派や土佐《とさ》派といった、掛け軸や襖絵や屏風絵《びょうぶえ》など、一枚限りの肉筆画を描く大和絵師と、百枚以上同じものを作る木版画にかかわる浮世絵師の間には、れっきとした身分の格差がある。大和絵師の総帥は士分の位を持つが、浮世絵師は『画工』と呼ばれる、町の職人にしか過ぎない。

本来、浮世絵師の仕事は、墨線で絵を描き、朱墨《しゅぼく》で色指《いろざ》しすれば事足りる。人気が出て掛け

軸の依頼などが来るようになれば、肉筆画を描くことになるが、描くには描くなりに、顔料の作り方や使い方を含め、新たな知識と技術が必要になる。

従って、浮世絵師の中には、錦絵の下絵や挿絵しか描いたことのない人間が大勢いるのだが、その点、春章は若い頃、肉筆の浮世絵を専らにした宮川長春《みやがわちょうしゅん》から学んだだけあって、肉筆画の描き方を心得ており、さらに自身で研鑽《けんさん》を積んだことで、独自の美を確立していた。

——おいらもこんな絵が描けるようになりてぇ……。

書画会では、この日の主役の春常が、人々が放ったお題に応じて、即興で絵を描くなどして腕前を披露していたが、鉄蔵は始終うわの空だった。

掛け軸の白拍子と対話しながら、勝川派への入門の決意を固めていた。


「親方。お話がありやす」

書画会から戻ると早速、鉄蔵は親方の政五郎に、勝川派に弟子入りしたいと打ち明けた。

「こちらにお世話になって三年、ここまで仕込んでいただきやしたのに、面目次第もございやせんが……」

鉄蔵が己の志を熱く語るのを、政五郎は湯呑みを前に、腕組みをして聞いていた。

「どうか許しておくんなせえ」

鉄蔵は、額が床につくほど頭を下げた。だが、政五郎は鉄蔵を睨みつけ、押し黙ったままである。

「それと、不義理ついでに頼まれていただきたいことがごぜえやす。……おいらを勝川派に推挙しちゃもらえやせんか」

　これを聞いて、政五郎はたまらず吹き出した。

「こんなに世の中を舐め腐った野郎は初めてだぜ。……それで、おめえを推挙して、俺に何の得がある？」

　政五郎は膝に手をつき、興味深げに身を乗り出してきた。

「勝川に入門したあかつきには、必ずいっぱしの絵師になってみせやすから、その時は親方に彫って……」

　鉄蔵が調子に乗って大口を叩いた瞬間、

「馬鹿野郎！」

　たちまち雷が落ちた。

「てめえ何様のつもりだ！　そもそもうちが、人手が足りねえってのは知ってるよな？」

「へい……」

「だからっておめえに貸本屋辞めて、うちに来てもらったんだよな」

「その通りでさぁ」

「貸本屋への義理があるのと、手先が器用で熱心なのを見込んで、目をかけてやりゃあこのザマだ。……これだから、お武家上がりは始末に負えねえ」

「すんません……」

政五郎の叱責はどれもご尤《もっと》もで反論の余地はない。

「こんな恩知らず、今すぐ破門にしてやりてえところだが、それじゃあうちは大損だ。……ったく、やっとモノになってきたってのによ」

「……」

「かと言って、彫師になる気もねえ野郎に彫らせても、版木が気の毒だ」

うなだれる鉄蔵を、政五郎がぐっと睨みつけた。

「ならこうしようじゃねえか。俺がいいって言うまで、ここで下働きをしろ」

「下働きですかい?」

鉄蔵が上目遣いに聞いた。

「そうだ。手が足りねえ時は彫りもやってもらうが、身分は下働きだ。もはや彫師の修業をする必要はねえんだからな。……いいか、おめえが昨日までアゴで使ってた、亀吉《かめきち》よりも下っ端の、下男として働くんだ。で、『よく働いてくれた。もう十分だ』ってぇ段になったら、春章先生に推薦状を書いてやる。俺じゃあ心もとないってんなら、鶴屋《つるや》の旦那に頼んでやったっていい。……どうだ、やれるか」

鶴屋の旦那とは、京都を本家とする江戸の老舗《しにせ》版元・鶴喜《つるき》こと鶴屋喜右衛門《きえもん》のことである。

「そいつぁ、どのくらい……」

恐る恐る小声で尋ねたところ、

「そこが生意気だってんだ、この野郎!」

湯呑みが投げつけられ、鉄蔵の肩に当たって転がった。

「痛っ！」

「俺がいいって言うまでっつってんだろうが！」

鉄蔵は膝の上で拳《こぶし》を握りしめた。少しでも早く勝川派に弟子入りしたいと気持ちは焦るのに、いつ終わるとも知れない下働きをさせられようとしている。

――逃げ出すか。

こうなったら親方の推挙などあてにせずに、ここを飛び出して、何か勝川につながる縁故を探そう。こんなところで飼い殺しにされている暇はない。いざともなれば、かつては義父であった中島伊勢に頼むという手もある。一度は養子に迎えたよしみで、頼みを聞いてくれてもいいではないか。

そんな考えを巡らせているのが顔に出たのだろうか、

「ただしおめえが勝手にここを出て行った場合は回状を回して、どこの門下にも入れねえようにしてやるからそのつもりでな」

政五郎が冷たく言い放った。

――塞がれたか……。

「承知しやした」

鉄蔵は着物の上から懐をぎゅっと握り、観念してうなずいた。そこには父の仏清にもらった阿弥陀如来の木像が入っている。

「どのみち、これしきの我慢ができねえようじゃあ門弟は続かねえよ。勝川に入ったら入ったで、おめえより年の若い兄弟子が何人もいるだろうし、彫師上がりってだけで、まずは相手にされねえだろうよ。まあ、これも絵師になる修業だと思って、励むんだな」

忌々しいが、政五郎の言うことは正しい。鉄蔵は覚悟を決めた。

その日から下男となった鉄蔵だが、下働きに加え、手が足りない時どころか、彫りの仕事も詰めるだけ詰め込まれ、朝から晩までこき使われた。だが鉄蔵は、彫り仕事はいずれ必ず絵師になった時の役に立つと信じて、文句一つ口にすることはなかった。

——版木を彫っている間は、雑用を言いつけられなくて済むってもんだ。掃除や洗濯をやらされるぐれえなら、彫って彫って、彫りまくってやる！

仕事が終わると、摺り損じの紙を貰っては敷き写すなどして、絵の勉強にも励んだ。勝川の門下に入った際に、彫師上がりでも描けるということを見せつけてやりたい。

兄弟子の中には、鉄蔵を庇《かば》ってくれる人間もいるにはいたが、親方が鉄蔵を邪険に扱うのをいいことに、調子に乗った新入りの小僧にまで「鉄蔵！」と呼びつけられ、雪隠《せっちん》掃除などを言いつけられるのには辟易《へきえき》した。

——くそったれがぁ！

手ぬぐいを鼻に巻いて悪臭を抑え、たわしで床を磨きながら、これも絵師になるためと踏ん張った。

半年余りの我慢を強いられ、鉄蔵が政五郎の許しを得て、晴れて勝川門下に入れたのは、十九の夏のことであった。

第二章

お栄　寛政七年（一七九五年）〈宗理こと北斎・三十六歳〉

二人が初めて会った日――後の北斎こと宗理が、お栄に三匹の蛇の絵を描かせた時から、お栄は宗理の側をひと時も離れなくなった。

常に宗理の姿を探し、邪魔にならない距離を保って、宗理が描き損じた反古の上に絵を描いている。それも宗理にもらった、版下絵を描く時に使う一番細い面相筆で、実に細かい絵をびっしりと描く。

そこには、自身と同じくらいの子供たちだけでなく、町で見かける大人たちがいたり、犬や猫や鳥がいたり、木や草花、魚や野菜、建物や道具といった、お栄がこれまで目にしてきた様々なものが描かれている。ひとつひとつは拙《つたな》い絵であるが、白場《しろば》を埋め尽くし、描くところがなくなった絵を遠目に離してみると、密教の曼荼羅《まんだら》を見るような、混沌《こんとん》とした中にも一体感のある世界が出来上がっているのだ。

しかもお栄は飽きることがなく描き続け、筆を取り上げないと食事も摂《と》らないほどだった。

次女のお鉄も絵を描くのが好きで、以前はよく何やら描いて見せに来たものだが、手習いの友だちができた今となっては、静かにしていなければいけない家が窮屈らしく、すぐに外に遊びに行ってしまう。

懸念していたお鉄とお栄の仲は収まるべきところに収まっている。仲が良いというわけではない。

「変な子！」

初対面の時、お鉄はお栄を見てそう言うなり、眼中に留めなくなった。お栄が宗理にくっついていても、宗理がお栄に絵を教えていても、焼き餅を焼くどころか、鬱陶《うっとう》しい父親の面倒を見てくれて助かった、ぐらいに思っているようだった。

継母のこと女とはうまくいっているらしく、お鉄は家事全般から解放されて上機嫌だった。

また、宗理は仕事の区切りが付くまで食事を摂らないので、自然にこと女とお鉄、宗理とお栄、というように食卓が分かれた。

――お鉄の方が、本モンの娘みてえだな。

再婚して四日目。こと女とお鉄が、二人で仲良く洗濯物を干している姿を眺めて、宗理は悟った。こと女にしても、何を考えているのかわからない実の娘より、はっきりと意思を伝える、潑剌《はつらつ》としたお鉄の方が扱い易いのだろう。

こと女はお栄を、朝のうちに湯屋《ゆや》に連れて行った。お鉄が手習いから帰ってくると、今度はお栄を置いて、お鉄を湯屋に連れていく。

「二度手間じゃねえか。なんでそんな面倒なことをする」

宗理が不思議に思って聞くと、

「私が風呂好きなんですよ。日に二度は入らないと気が済まないから」

と答えた。

湯屋は月決めで木札を買っているため、何度行こうが値段は変わらない。人足などはすぐに埃《ほこり》まみれになるので、日に五度も湯屋に通う者も多いが、女の身で朝夕の湯屋通いとは珍しい。いずれにせよ、二、三日に一度しか湯屋に行かない、無精な宗理にはわかりようもない感覚なので放っておいたが、ある時、箪笥《たんす》の引き出しに、別の湯屋の木札があるのを見つけた。

これが示すことはつまり、朝夕で異なる湯屋に通っているということだ。単純に考えて、風呂代が倍かかる。裕福には程遠いというのに、どうしてこんな無駄なことをするのか、宗理はさっぱりわけがわからなかった。

「どういうこった」

引き出しから取り出した木札を目の前に投げ、宗理はこと女を問い質《ただ》した。側にお栄がいたが構わなかった。

最初はことを荒立てる気はなかったが、こと女の言い分が、「川向こうの湯屋の方が好きだから」や「気分を変えてみたくてさ」などと、辻褄《つじつま》が合わない理由を並べ立てるので腹が立ち、

「おまえは！」

思わず怒鳴り声を上げた途端、

「ヒイーッ」

部屋の隅から悲鳴が聞こえた。驚いてそちらを見ると、お栄が目を見開き、引きつけを起こしてビクビクと痙攣《けいれん》していた。

「お栄！」

こと女がすぐさまお栄の身体を抱きかかえ、

「大丈夫だから。お父っつぁん、殴ったりなんかしないから。ね、落ち着いて」

背中を強くさすった。

——そういう、ことか……。

二人を見ているうちに、宗理はようやく合点がいった。

強《こわ》ばりが解けると、お栄はシクシクと泣き出した。こと女はお栄の顔を己の胸に当て、きつく抱きしめた。

「おい」

宗理が、こと女の腕を取り、お栄の身体を引き剝がした。

「やめて！」

飛びかかること女に、

「黙ってろ！」

と一喝し、

「大丈夫だから」

優しくお栄に声をかけて、そっと着物を脱がせた。

「こりゃあ……」

お栄の幼い身体は痣《あざ》だらけだった。青紫や灰色の痣があちらこちらについており、ところどころに、煙管《きせる》を押し付けられたような火傷《やけど》の痕まであった。

「なんだ、これは」

宗理はこと女をねめつけた。こと女は観念したようにがっくりと膝を落とし、

「……前の亭主が、酒癖が悪くて……酔うと殴る蹴るを……」

こちらの様子を窺《うかが》いながら、ぽつりぽつりと話した。

「こんな小さな子を、庇ってやれなかったのか」

「こんなに酷《ひど》いのは初めてだったんですよ。いつもは暴れ始めるとすぐ、この子を押し入れに隠してた。……けど、あの人が酔って川に落ちて死んだ日は、あたしは家を留守にしていて。まだ夕方だったから、酔って帰ってくるなんてことも思わなくて……。戻った時には家中ひどい有り様で、この子はぐったりと倒れてて……。ふらつく亭主を突き飛ばして、あたしはこの子を抱えて医者に走った。帰った時には亭主の姿はなく、朝方、土左衛門《どざえもん》が上がったと……」

「なんだってまた、てめえの娘を……」

こと女は、一瞬恨みがましく宗理を見て、また目を伏せた。

「……この子は、立つのもしゃべるのも遅かった上に、とてつもなく不器用なんですよ。食べ物はポロポロとこぼすし、物を持たせてもすぐ落とすし、忘れてくる。次のことをやると前のことが見えなくなって、話しかけてもボーッとしてることが多くて、何かに夢中になると、他のことはおかまいなし。いつも何を考えているかわからない、可愛げのない、変な子だって」

「そんなことでか」

「そんなことって言ったって、毎日じゃあ苛《いら》つきますよ。腹を痛めて生んだ、母親のあたしでさえそうなんだから、ましてや男親ともなりゃあ……」

顔をゆがめて振り絞った声は、途中から嗚咽《おえつ》に変わった。

「そうか」

宗理は、立ちすくむお栄を抱き寄せた。

——何かに夢中になると他のことが見えなくなる、か。……なんでえ、俺とおんなじじゃねえか。

「怖かっただろうなぁ、お栄。だが心配しなくていいぞ。自慢じゃねえがこの俺は、これまで一度だって人様に手を出したことはねえんだ。俺がおまえやおっかさんを殴ることなんざ、金輪際ねえから安心しな」

そう語りかけて筆を手に取り、

「この筆に誓うぜ。誓いを破ったら、俺は筆を折る」

言ってお栄に筆を持たせると、お栄はようやく微笑んだ。

「それとな、どこかの誰かがおまえを虐めたり、手を上げるようなことがあったら、必ずお父っつぁんに言うんだぞ。俺は一生をかけておまえを守ってやる。……いいな」

そう告げた宗理をお栄はじっと見つめ、

「うん！」

宗理の首に抱きついた。

その日から、宗理はお栄の全てとなった。

鉄蔵〈こと北斎・十九歳〉　安永七年（一七七八年）

勝川春章は、ひょろりとした痩身の男で、鉄蔵が想像していたよりもずっと若かった。画帖を広げ、隣にいる男と、絵組《えぐみ》を思案していた。

鉄蔵の入門のきっかけとなった書画会で、師匠の名代を務めていた一番弟子の春好の案内で、鉄蔵は屋敷の離れにある春章の画室に案内されたのであった。

春好が三十半ばぐらいに見えたため、師匠の春章は、五十歳は過ぎているものと思い込んでいたが、これでは春好と変わらないどころか、ひ弱そうなぶん、むしろ春好よりも年下に見える。

――この若さで勝川派を率いてきたんなら、てえしたもんだ。

鉄蔵は、春常の披露目の席で観た春章の掛け軸がいかに素晴らしく、感銘を受けたかを熱心に語った。だが春章は、頼りなげに薄く笑うだけで、いささか拍子抜けした。

「僭越《せんえつ》ながら、これまで描き溜めたものを持って参りやした」

鉄蔵は懐から、丸めた紙の束を取り出した。春章と春好、そして春章の隣で胡粉《ごふん》を練っていた男が向き直り、鉄蔵の絵を覗《のぞ》き込んだ。

「そこそこ描けるようだねえ。仕事のことは、全て春好さんに任せてあるから、この人の言うことをきちんと聞いて、励んでくださいな」

春章は次に、隣にいる男を紹介してくれた。

「この人は春潮《しゅんちょう》さん。私たち三人は、みんな同い年なんだよ。たまたま私の家が裕福で、若い頃から絵を学んでいたから師匠を名乗らせてもらっちゃいるが、肝心の役者絵は春好さんの方が上手いし、美人画は春潮さんの方がよく売れる」

「それはまあ、あたしの絵は売れ筋の清長《きよなが》に似せてあるから」

春潮は悪びれもせずに言った。浮世離れした渋みのある色男で、絵師というより、役者や間夫《まぶ》が似合いそうな雰囲気を持っていた。

「この二人のおかげで、私は好きな絵を描いていられる……」

春章はうっとりとつぶやくと、寒いのか、肩にかけた丹前《たんぜん》の袖に腕を通し始めた。すぐさま春潮が介添えをする。その阿吽《あうん》の呼吸は、まるで長年連れ添った、老夫婦のようであった。


これでやっと、絵師になる道が開けたと喜んだのも束の間、春章が自ら言った通り、仕事場を仕切っているのは全て春好で、師匠の春章が直接弟子を教えることはなかった。

師匠はいつも、自室に籠もって肉筆美人画を描くことに専念しており、弟子たちが描いた下絵の検分ぐらいはするようだが、指導は春好に任せていた。

春好は、役者絵に関しては師匠をも凌ぐ大胆な絵を描き、人気のある絵師だが、逆に言えば、役者絵以外はぱっとしない絵師とも言えた。そもそも鉄蔵が誰に弟子入りしようかと考えた時、真っ先に勝川派を候補から外したのは、役者絵を主たる仕事としている流派だったからだ。

――役者絵なんてもんは、役者の人気で売れ行きが決まる。絵師の腕なんざ二の次だ。

というのが、鉄蔵が役者絵を避けようとした理由であった。それが、書画会で目にした師匠の肉筆美人画に感銘を受けて、門下に入りたいと望んだのだ。

勝川派は鳥居《とりい》派と並ぶ役者絵の二代流派であったが、相撲絵《すもうえ》、武者絵、美人画なども手がけていた。鉄蔵はむしろそちらを……いやそれよりも、師匠から直接肉筆画を学びたかったのだが、当てが外れたとしか言いようがない。

居並ぶ弟子たちの末席で、竹樋《たけひ》定規を使って紙に均等な線を引き、反物《たんもの》の柄を写し取る、『割り物』と呼ばれる下絵を描きながら、

――こんなモンを描くために、親方の元で半年間も下働きを我慢したわけじゃねえ。

鉄蔵は心の内で毒づいた。怒りが収まらず、筆を置くとおもむろに立ち上がり、仕事場を出て行こうとした。

「待て、鉄蔵。どこへ行く?」

春好に見咎《みとが》められ、「雪隠でさぁ」と小声で告げて部屋を後にした。

「またか。腹でも下したか」

嘲笑を背中で受け止めながら、向かった先は雪隠に行く手前にある、師匠の画室である。普段から、何かと用を作っては、春章の作画風景を盗み見るようにしている。茶を運び、頃合いを見て話しかけるなど、なんとか師匠に取り入ろうと試みたが、すぐに春好に見つかって、仕事場に連れ戻された。

十九歳と遅い入門ではあったが、がむしゃらに一年間描き続けた甲斐あって、二十歳の時には早くも師匠から勝川春朗《しゅんろう》の画号を授けられた。

春章の「春」の字を冠するのは当然としても、師匠の別号である旭朗井《きょくろうせい》から「朗」の字を与えられたのは破格の名誉で、師匠の期待の現れと言えた。

けれどこれが、兄弟子たちの反感を買った。春朗もまた、

――長くいるから何だってんだ。上手いもんが世に出て当然だろうが。

といった不遜《ふそん》な態度を隠そうともしなかったため、特に一番弟子である春好の怒りを買った。春好から叱責されることはしょっちゅうだったが、そんなことはまだ耐えられた。納得できないのは、画号を与えられた後でも、つまらない仕事しかできないことだった。役者絵と本の挿絵がせいぜいで、浮世絵師としての出世につながる大判の錦絵など、回してもらえる気配さえなかった。

しかしこれは何も、春朗が意地悪をされていたわけではない。世に出てまだ一年の新入りの仕事としては十分な線ではあったが、腕に覚えのある春朗には不服だった。

十数人いる兄弟子たちのうち、今のところ自分より腕が上、と春朗が認めたのは、始終師匠の画室に出入りしている春潮と、宗理より二歳年下でぬぼっとした巨漢の、変わり者の春英《しゅんえい》ぐらいのものだった。

春英はいつも春好から、「人の話を聞いていない」と叱られても馬耳東風で、春好も半ば諦

めているところが見受けられた。一見ぼんやりしているように見えるが仕事は早く、そつなくサラサラと描き上げる。

春朗は当初、春英のことを、ただ器用なだけの男かと思っていたのだが、ある時春英が忘れて帰った画帖を見て驚いた。そこには死骸や幽霊、魑魅魍魎《ちみもうりょう》のたぐいが克明に描かれていたのだ。

——おっかねぇ……けどおもしれぇ。なんも考えてねえ風体で、こんな嗜好《しこう》を持ってやがったか。

画帖全体から執着が感じられた。好きでなければこれほどの絵は描けない。

——いずれこういうモンを描きたくなる時もあるだろうが、今じゃねえよな。

上手いには上手いが、春朗の指針とする相手ではなかった。

——やっぱり春潮兄さんだよな。

春好が堅苦しく生真面目で、いつも兄貴風を吹かせるのとは対照的に、春潮は穏やかで、仙人のように物事を達観している感じがした。世俗のことはどこ吹く風、というように、誰ともぶつかることなく、

「役者絵は春好兄さんに及ばないから……」

と身を引いて、昨年あたりから急に人気が出て来た、鳥居清長風の伸びやかで優美な美人画を描いていた。

美人画とはいえ、敵対する流派の作風を真似るのはどうかと思えたが、春好と並んで稼ぎ頭

の筆頭ゆえか、師匠を始め、誰も咎める者はいなかった。版元からそのように依頼されるのだから仕方がない、と割り切っているように思えた。

春朗が見るところ、師匠は春好を最も頼りにしていたが、最も心を許しているのは春潮の方だった。肉筆画に使う絵具《えぐ》づくりの手伝いをさせ、作画中は側に置いて意見を求めることもあった。

三人は同い年だと言っていたが、勝川派を一家に例えるなら、腕はあるが身体も気も弱い長男・春章を、責任感があって気の強い次男・春好が守り、臨機応変で目端《めはし》が利く三男・春潮が手伝って、家を盛り立てている……。春朗にはそんな風に見えた。

春潮なら、自分のやるかたない気持ちをわかってくれるのではないか――。

ある時、春朗は思い切って、

「おいらも兄さんみたいに、役者絵以外の絵を描きたい。師匠が無理なら、春好兄さんではなく、春潮兄さんに教わりたい」

と頼み込んだが、

「おまえは我が強すぎて、人を立てるってことを知らないからいけない。場の中で一番力を持っている人の顔を立てて筋を通しておけば、たいがいの望みは叶うってもんだ。人ってのは気分次第の生き物なんだからさ。……悪いけど、今、あたしがおまえの面倒を見ると、春好兄さんとの間に角が立つ。それだとあたしが、本当に描きたいものが描けなくなるから勘弁しておくれ」

そうきっぱりと断られた。

「本音を言うと、師匠もあたしも、おまえの腕には一目置いているし、役者絵を描きたくないってぇ気持ちはよくわかるさ。第一、師匠自身が役者絵から抜けられてほっとしているくらいだもの。……けどそれを言っちゃあ、何の疑いも持たず、誇りを持って役者絵を描いてくれている、春好兄さんに悪いだろ」

なかなかどうして、春潮はしたたかなのだった。

「なら兄さんの、本当に描きたいものって何なんだい」

春朗が尋ねると、春潮は懐から、四つに折った一枚の紙を取り出した。

「これだよ」

手渡された紙を広げてみて驚いたのは、墨線で男女の交合図――枕絵が描かれていたからであった。

「これって、ご禁制の……」

風紀を乱すことを理由に、好色本の売買は、享保《きょうほう》七年（一七二二年）から禁じられている。だからと言って版元たちは、大人しく手を引いたわけではなく、それならばと、以降は秘密裏に制作し、販売するようになった。

「そう、ワ印さ。錦絵には飽き飽きしてた師匠が、ワ印なら描いてもいいって言ってるんで、あたしもあやかろうと思ってね……」

「ワ印」とは、春画および春本の隠語である。春画や春本は後年についた呼び名で、当時は枕絵、勝絵《かちえ》、笑い絵などと呼ばれ、春本は好色本や艶本《えんぽん》、笑本《えほん》などとも呼ばれた。この「笑」の文字を取って「ワ印」と呼ばれるのが通例であった。

明和二年（一七六五年）に鈴木春信《すずきはるのぶ》らによって錦絵が発明されると、枕絵も多色摺りで制作されるようになった。幕府の検閲を通す必要がない分、制限を無視した豪華な彫摺《ちょうしゅう》が施され、人気絵師を起用して高値で売買された。絵師・彫師・摺師共に〝枕絵を依頼されてこそ一流の職人〟とみなされたのだ。

手間がかかる上に、お上に見つかれば罰せられる危険が伴うため、画料や工賃も高額が支払われた。

「あたしが今、流行りの美人画で名をあげているのは、いずれワ印の仕事がしたいからさ」

老中・田沼意次《たぬまおきつぐ》による賄賂政治が横行するこの頃、好色本禁止令は緩み始めており、人気のある町絵師たちに、版元からワ印の依頼が寄せられるようになっていた。

名誉と金の両方が手に入る——。

春潮の目論見《もくろみ》を聞いた春朗は、このまま表舞台で報われないのなら、自分も裏舞台で活躍してやろう、と考えた。

勝川春朗〈こと北斎・二十三歳〉 天明《てんめい》二年（一七八二年）

入門して三年目を迎えた頃、父の清七から強く勧められ、春朗は見合いをすることになった。実家には盆暮れに帰っており、清七とは付かず離れずの良い関係が続いていた。

相手は春朗より二つ下の二十一歳で、名は蕗と言った。世間的には二十歳を過ぎれば年増と呼ばれる年齢である。

見合いと言っても、少し離れた場所からお互いの姿を見るだけで、言葉を交わすこともないのだが、春朗は茶屋の縁台に腰掛ける蕗を、一目見るなり気に入った。蕗は色白で線が細く、可憐であった。

「あんな別嬪《べっぴん》が、なんで……」

道を挟んだ対面の縁台に腰掛け、春朗は清七に尋ねた。

「五年ばかり前に肺の病にかかり、長らく療養していたのだそうだ。もうすっかり良くなったからと、由緒ある寺から婿《むこ》探しを頼まれた。しかも持参金付きだ。あと三つも若ければ、お前なんぞ相手にされる方ではないぞ。ありがたく思え」

回復したとはいえ、肺の病はいつ再発するとも知れない危険な病だ。どんなに条件が良くても、妻としては敬遠される。おおかた、父にはなんぞその寺に従わざるを得ない事情でもあるのだろうが、春朗にとってはどうでも良かった。

「はい……」

「ついてはお前、蓄《たくわ》えはあるのだろうな」

「蓄え……ですか」

「ないとは言わせんぞ。多少なら用立ててやってもよいが、せめて五両ぐらいはないと、披露目ができぬ」

勝川から、役者絵の報酬として、ぎりぎり長屋で暮らせる程度の給金はもらっているが、蓄えられるほどの余裕はない。住み込みなら幾らか貯めることもできたのだろうが、あそこで暮らすのは真っ平だった。

「なんとかしますんで、どうかこの話は進めてくだせえ」

「本当に、大丈夫なんだろうな？」

「へい」

——いよいよ、枕絵の出番か。

まとまった金子が要るからと、春朗は好色本の構想を自ら版元に売り込み、無事、蕗と所帯を持つことができた。

満月の夜、本所割下水の実家で、互いの両親と世話人の住職、それに仲人だけの簡素な披露宴が終わり、床入りした時の興奮を、思い出す度にやけてしまう。

春朗の筆おろしは遅い方で、勝川に入ってすぐの頃、兄弟子たちに深川《ふかがわ》の岡場所《おかばしょ》に連れて行かれたのが最初だった。敵娼《あいかた》はぶよぶよに太った大年増《おおどしま》で、歯が一本もなかった。

「あたいの口は極々上だよ。みぃんな極楽へいっちまう」

あるいは色事に慣れた好き者ならば、歯茎での口淫《こういん》を楽しめたのかも知れないが、何もかもが初めての春朗にとっては、醜悪で不気味でしかなかった。その後しばらくは、ぽっかりと空いた口の中に広がる漆黒の闇に、身体ごと飲み込まれる悪夢にうなされ、陰萎《いんい》になったものだった。

あまりに春朗が岡場所行きを嫌がるので、「悪かった。あの婆さんをあてがったのは悪戯《いたずら》だった」と謝られ、今度は間違いないからと若くて床上手の女を奢《おご》られて、ようやく呪縛から逃れられたものだった。春朗が生意気で傍若無人になったのは、この時の恨みもあってのことだ。

だがそれでも、春朗は商売女に興味を持てなかった。女を買う時間と金があれば、絵の修業に当ててた方がいいと思う一方、こんなに性欲が湧かないのは、己は男として一端《いっぱし》ではないのではないかと、密かに気がかりを抱えてもいた。

蕗は、生娘《きむすめ》であった。震えながらも従順に夫に従おうとする新妻を、春朗は心から愛おしく思い、いたわりながら抱いた。男としての自信を取り戻した一夜であった。

春朗が売り込んだ好色本は、天明二年に『笑本股庫嘉里嫁志《えほんくらがりぞうし》』という題名で、「闇雲山人《やみくもさんじん》作・勝春朗画」として売り出された。闇雲山人とは春朗の戯号で、文章も絵も、共に自身の作だ。

秘密裏に売り出したからと言って、この好色本の存在が、勝川派の耳に入らぬわけはなかった。

「一門の許しも得ず、ご禁制品に手を出すってことがどれほど危ない橋か、おまえにはわからないのか！」

何食わぬ顔で仕事場に顔を出した春朗は、いきなり春好に胸ぐらを摑まれ、殴り飛ばされた。

「それも丁寧に画号まで入れおって！　正気の沙汰《さた》とは思えん。おまえは勝川派を潰す気か!?」

倒れた春朗は口の端についた血を拭った。

「破門ですかい？」

自作自画の本が出せたことが嬉しくて、調子に乗って名入れした。一門に迷惑がかかることなど考えも及ばなかった己に腹が立ち、「もうどうにでもなれ！」という捨て鉢な気持ちだった。

「俺はそうすべきだと進言したのだが……。師匠が、今回ばかりは許してやれ、だとよ」

「師匠が？」

春朗には春章の意図が測りかねた。そこまで期待されていると自惚《うぬぼ》れるほどの自信はない。

「ああ、そうだ。妻帯した祝儀とで御破算《ごはさん》だそうだ」

「なぜそれを……」

春朗は「半人前のくせに生意気な」と反感を買うに違いないと、縁組みしたことを一門の誰にも打ち明けてはいなかった。

「春潮が庇《かば》ったのだ」

「兄さんが……？」

言った覚えはない。特に春潮には、枕絵という突破口をもらった相手だけに、先を越した後ろめたさから、黙っていた。

――怖い人だ。

何事にも関心が無いように見えながら、とんだ地獄耳である。

「阿呆が。始めからそう言えば、ワ印の画料に見合うぐらいの祝儀が出たものを……」

春朗は奥歯を噛み締めた。錆《さび》の味が、頭に焼き付いた。


このことを期に、春朗はますます一門と疎遠になり、自力で仕事を取るしかなくなった。

懇意にしている版元に頼み込んで、黄表紙の挿絵、美人画、花鳥画、武者絵、信仰画、名所絵、相撲絵、絵暦《えごよみ》と、回してもらえる仕事はなんでも受けた。肺に難がある蕗に苦労をかけるわけにはいかないと仕事に励んだが、長女・お美与、長男・富之助、次女・お鉄と次々に子が生まれ、所帯を持って五年後の二十八歳の時には、蕗の持参金も底をついた。一心不乱に働けど、一家がまともに暮らせるだけの甲斐性などなかった。

春朗は彫師の仕事をしていた頃の腕を活かし、年の瀬には自身で柱暦《はしらごよみ》（大の月と小の月を二列に並べて挿絵をつけた、柱に貼るための細長い暦）を描いて彫り、墨一色で摺っては売り歩いた。

いよいよ食うに困った時には、全身真っ赤な頭巾と衣装を着て、大きな唐がらし型の張り子を背負うという道化《どうけ》た姿で、七色《なないろ》唐がらしを売り歩いた。

「とんとんとんとんがらしぃー」

おどけた調子で歌い、踊りながら行商していたところ、

「春朗ではないか！」

画号で呼ばれて背筋が凍った。

恐る恐る声がした方を振り返ると、師匠の春章が奥方を連れ、唖然《あぜん》とした表情で立っていた。

「おまえ、その格好……」

春章が眉根を寄せた。と、奥方がぷっと吹き出し、声を上げて笑い出した。

いたたまれなくなった春朗は、師匠夫妻に背を向けて、その場から逃げ出した。

――くそっ。俺はなんでいつもこうなんだ。絵が描きてえ。ただそれだけなのに、足掻《あが》けば足掻くほど、泥沼から抜け出せねえ……！

背後から、どこまでも嘲笑が追ってくるような気がした。

このとき以来、唐辛子を見ると苦々しい思い出が蘇るため、一切口にするのをやめた。

■

勝川派に入門して十二年が経った頃、忘れていた過去から、意外な話が持ちかけられた。

中島伊勢から母の志乃を通して、再び養子縁組の申し入れがあったのだ。跡継ぎに据えた息子が早逝したので、春朗に跡を取って欲しいという。

「今更何を言ってやがんだ。この俺が、御鏡師になんざぁなれるわきゃねえだろう」

鼻で笑って突っぱねた。

伊勢はかつて、若い奉公人に手を出して、その女に子ができたからと春朗との養子縁組を解消し、家から追い出したのだ。いくら暮らしに困ってはいても、そんな目に遭わせた男の家に戻る気はないし、絵師を廃業する気はさらにない。

女として母として、二重の裏切りを受けた母も同調するかと思いきや、

「そう言わずに、話だけでも聞いてあげておくれ。あの人も、おまえを御鏡師にしようと考えているわけではないようだし」

と、伊勢の肩を持った。清七と仲睦《なかむつ》まじく暮らす今、昔の恨みは薄れたのだろうか、と訝《いぶか》しげに母の顔を見ると、

「あの人も、もう長くはないそうですよ」

志乃は沈痛な面持ちで答えた。

「……」

春朗にとっては、実の父の寿命が尽きようとしている、ということだ。

「なら、俺が継がなきゃ中島の血が絶えるってぇことか」

「中島家は私の母の生家です。赤の他人に継がせたくはないのです」

志乃の思いは理解できる。春朗は渋々、母と連れ立って中島家を訪ねた。

「おまえが絵師になったことは存じておる。それを辞めて御鏡師を継げとは言わぬ。だがわしの命はもはや風前の灯火《ともしび》じゃ。子に先立たれ、生きる気力もなくなった。……じゃがわしの代で、代々続いた中島の家を絶えさせるわけにはゆかぬ。そこでおまえが一旦、中島家を継いで、おまえの子の富之助を、御鏡師にしてはもらえぬだろうか……」

病床で、伊勢は春朗の手を握り、息も絶え絶えに懇願した。昔は女中であった伊勢の妻も、深々と頭を下げている。まだ三十半ばというのに、子を亡くした上に夫の看病疲れで、十も老け込んで見える。

誠に勝手な伊勢の言い分ではあったが、いずれ富之助を跡継ぎにというのは悪くない提案だった。

目下のところ、七歳になった富之助は、蕗に似て繊細で生真面目な性質で、絵には興味を示さず、黙々と虫籠を作っているような子だ。考えてみれば、御鏡師は富之助に打って付けの仕事かも知れない。

伊勢の願いを黙って聞いていた志乃は、春朗に向き直って肩に手を乗せ、「頼みを聞いてあげておくれ」というように、ぐっと力を込めた。

——両親が望んでんだから、これも親孝行ってもんだよなぁ。

春朗の心は決まった。

「お引き受け致しやす」

恭《うやうや》しく手をついて、頭を下げた。


「富之助を中島家にですか？」

その夜、子供たちが寝静まった長屋で、春朗夫婦は向き合って座っていた。

蕗は養子縁組に難色を示した。突然のことに心がついていかないのだろう。

「ああ。士分に戻れて、幕府御用達ってぇお墨付きだぜ。富之助の行く末を考えりゃあ、何よりの話じゃねえか」

「それはそうかも知れませんが……」

「それにあれだ。名目上は、俺が一旦跡を継ぐってことになったんだから、おめえたちもあの家で暮らしたって構わねぇんだぜ。そうすりゃあ貧乏暮らしともおさらばだ」

苦労のかけ通しで、嫁いで来た頃は白い肌に艶やかな黒髪を持ち、鶴のように美しかった妻が、今や髪は薄く肌はくすみ、口の両脇に深い皺が刻まれている。擦り切れた部分を当て布で繕《つくろ》い、着物は継ぎ接《は》ぎだらけだ。

蕗たちと離れて暮らすのを寂しいと思う反面、内職など辞めさせて、元の美しい妻に戻って欲しかった。また春朗自身も大黒柱の重荷を下ろし、稼ぎのことなど考えず、伸び伸びと絵を描く喜びを味わいたかった。

「あなたはどうなさるのです？」

夫の心を察してか、蕗が厳しい声で聞いた。

「俺があんな辛気臭《しんきくせ》ぇ家に住むわきゃねえだろう」

「なら私もここにいます。あなたが行かないのに、私たちがのこのこと富之助について行けるわけがないではありませんか。先方には後家《ごけ》さんだっていらっしゃるのに……」

「そりゃあそうだな。……なら当面はこれで」

春朗は懐から十両ずつ紙に包んだ切り餅を三つ取り出し、そのうちの一つを蕗に渡した。

「支度金だ。しばらくはこれでやりくりしてくれや」

「そちらのお金は？」

「こりゃあ俺が、本画を学ぶために必要な金だ」

春朗は切り餅二つを懐に戻し、悪びれもせずに答えた。

「もう少し回してもらえませんか？　これだと借金を払うだけで終わってしまいます」

「駄目だ。本画は、絵具だってなんだって金がかかるんだ。それによ、本画が自在に描けるようになりゃあ、掛け軸だの障壁画だのの仕事ができる。ちまちました版下絵と違って、桁違いの大きな稼ぎになるんだぜ」

「……」

蕗は不満げに押し黙った。夫の薄情さに、なじる気も起こらないようだった。

「借金なんて後回しにすりゃあいい。それに、これからは食《く》い扶持《ぶち》が一人減るんだしよ」

春朗はわざと憎まれ口を叩いた。

――今は画業を極めることが第一ってことが、なんでわからねぇんだ。そうすればこいつらにもいい暮らしがさせられるってのによ。

かくして、春朗は勝川派に籍を置いたまま、自ら雪舟《せっしゅう》の後裔《こうえい》を名乗り、山水画や花鳥画を得意とする堤等琳《つつみとうりん》を始め、独学で明画《みんが》までをも学び始めた。

■

寛政四年（一七九二年）、春朗が三十三歳の時、師匠の春章が亡くなった。

病がちな人ではあったが、五十の若さで逝ってしまった。

葬儀に参列すると、皆からの冷たい視線に晒《さら》されたが、自分を受け入れてくれた大絵師に対して、きちんと別れを告げねばと思った。

皆から離れて俯く春朗に、大きな影が重なった。顔をあげると、春英が目の前に立って春朗を見下ろしていた。何の用だろうと訝《いぶか》る春朗に、春英は黙って画帖を差し出した。

――こりゃあ……。

描かれていたのは春章の死に顔だった。横顔、斜め、正面、全身像と、様々な角度と遠近をつけて、克明に写されている。

その死に顔は、春朗が知っている春章の顔ではなかった。骨ばっていて妙に若々しく見えるのは、皮膚や肉が力をなくし、床に向けて垂れ落ちているからなのだろうか。

春朗はかつて、春英が仕事場に置き忘れた画帖を盗み見た時のことを思い出した。ぬぼっとした風体に似合わぬ、生首や妖怪といったおどろおどろしい素描の山に、春英の嗜好の深淵を見た気がしたものだった。

「よく描けてるだろう。あたしが春朗に見せてやれって言ったのさ。あんた、師匠の臨終に立ち会えなかったからね」

耳元で春潮の声がして、春朗はハッと首をねじった。

「兄さん……」

春潮は、春朗の肩越しに絵を覗き込んでいた。

「こういうものを描かせたら、春英は天下一品だよ。師匠がこと切れて、皆が嘆き悲しんでる時に画帖を出そうとするから、『寝ずの番まで我慢おし』って止めたのさ」

——喪失感よりも、興味が勝ったってわけか。

己と同じ匂いを感じ、春朗は画帖を春英に返しながら会釈すると、春英は鷹揚《おうよう》に頷き、画帖を懐にしまって立ち去った。

「師匠はね、今際《いまわ》の際《きわ》まであんたのことを気にかけていたよ」

見送る春朗の背に、春潮の言葉が重くのしかかった。

「周りがいくら、他流派に入ったあんたをなじっても、『あれは、画業に熱心過ぎるだけなのだよ。それにまだ、うちを辞めたわけではないのだから……』と庇っていたんだ。『戻ってきたら受け入れてやれ』ってね」

――間に合わなかった……。

春朗の胸に、空しさと悔しさ、申し訳なさがこみ上げてきた。

春章が生きている間に、師匠から貰った「春朗」の名に恥じぬ絵師に出世して、兄弟子たちを見返してやりたい。さすれば堂々と師匠に会いにゆける……。

そう考えていたのだが、ついに師匠の前に姿を見せることは叶わなかった。

――俺は、なんて不甲斐ねえ……。

庭先から、春章の位牌のある方向に手を合わせて詫びた。

春朗はこれまで、師匠から貰った『勝川春朗』の画号で、錦絵を二百点以上、黄表紙の挿絵を五十冊以上描いたが、人に誇れる仕事など、何一つ成してはいなかった。

第三章

蔦屋重三郎　寛政五年（一七九三年）〈春朗こと北斎・三十四歳〉

春朗を救ったのは、版元の蔦屋重三郎――通称「蔦重《つたじゅう》」であった。吉原に生まれ、大門前の貸本屋から一代で日本橋通油町《にほんばしとおりあぶらちょう》に店を構えるまでに出世した傑物《けつぶつ》である。

蔦重の成功は、『吉原細見《さいけん》』と呼ばれる吉原遊廓の手引書と、『往来物《おうらいもの》』と呼ばれる教科書類の手堅い刊行で財を成したこと、さらには江戸の有力者たちとの人脈を築き、斬新な出版物の企画力と宣伝力で世間の話題をさらったことによる。

人を見る目にも優れており、特に無名だった喜多川歌麿《きたがわうたまろ》を世に出した手腕には、鶴喜を筆頭とする老舗の版元連中も一目置いていた。

くたびれた着物に月代《さかやき》も伸び放題の春朗が、人目をはばかりながら蔦屋耕書堂の裏口を潜《くぐ》った途端、沈香《じんこう》の薫りに包まれた誰かにぶつかった。

「あっ、すいやせん」

脇によけた春朗が顔を上げると、紫色に染めた長羽織の袖を払う相手は、飛ぶ鳥を落とす勢いの歌麿大明神だった。師匠の春章と蔦重、そして歌麿が同じ狂歌連に入っていたこともあって、これまでに二度ほど挨拶を交わしたことがある。

「おまえさんは、確か勝川の……」

歌麿は、落ちぶれた様子の春朗に不快がりもせず、

「蔦重に呼ばれましたか？」

穏やかに尋ねた。

「いえ、あっしの方から。何か仕事がいただけないかと……」

春朗は正直に話した。嘘を言っても見透かされるような何かが、歌麿にはあると感じた。

「そうでしたか」

歌麿はなぜか意外そうに言い、

「楽しみにしていますよ」

軽く会釈してその場を立ち去った。

――こんだけ売れてても、俺なんぞに礼を尽くしてくださる。売れない辛さを知ってなさるだけのことはあるよなぁ。

沈香の残り香に包まれながら、春朗はほうっと歌麿の後ろ姿に見とれていた。

歌麿は今の春朗と同じ三十四歳の時、蔦重から『絵本江戸爵《えほんえどすずめ》』という三冊続きの狂歌絵本の一冊を任された。三冊のうちの二冊は、師匠の勝川春章と並ぶ当時の二大巨頭、北尾重政によるものだった。客は当然、三冊とも重政の挿絵だと期待して買う。だが一冊には名入れがない。

「これは誰の絵だ？」と話題をさらった後の種明かしとして、歌麿を売り出したのだ。

徐々に名をあげた二年後、表向きには『画本虫撰《えほんむしえらみ》』という多色摺りの豪華な狂歌絵本を、そして秘密裏に大判十二枚物の傑作枕絵集『歌まくら』を売り出して世間の話題をさらった。蔦重の戦略が存分に活かされた売り出しだった。


——そういやあ、「楽しみにしている」って、何をだ？

首を傾げつつ、春朗は蔦屋の手代に面会を取り次いでもらい、座敷で蔦重が現れるのを待った。突然の訪問で追い返されても仕方のないところだったが、蔦重は会うと言ってくれ、待っている間の菓子まで用意された。

「待たせて悪かったね、春朗さん」

蔦重は、入ってくるなり春朗の背中に声をかけた。

「春章師匠は気の毒だったね。あたしなんぞ、吉原大門の前で貸本屋を営んでいた頃から、随分と力を貸してもらったもんだが……」

言いつつ、春朗に向き合って座った途端、みすぼらしい風体に柔和な顔が曇った。

「……そんなに困ってるんなら、もっと早く訪ねてくれれば良かったのに。知らぬ仲じゃなし」

『だから来られなかったんだ』という言葉を、春朗は飲み込んだ。画号をもらう前の下っ端の頃から、師匠や兄弟子たちの使いで、何度もここを訪れている。勝川派との繋がりが深いだけに、足が向けられなかったのだ。

「勝川に、戻る気はないのかい？」

真摯《しんし》な眼差《まなざ》しで蔦重が問いかけた。春朗より十歳上の蔦重は、童顔で常に若く見られがちだったが、今や髪は半白で年相応に肉が付き、貫禄が出たように思う。

「へい……」

蔦重の問いかけに、春朗は頷いた。もはや勝川派に未練などなく、向こうも受け入れてはくれないだろう。

『勝川に背いた人間に、仕事を頼むわけにはいかない』

てっきりそう引導を渡されるかと思いきや、蔦重は意外な提言をした。

「それならちょうどいい。実は、桐座《きりざ》・都座《みやこざ》・河原崎屋《かわらさきざ》の控櫓《ひかえやぐら》三座が揃うことで持ちきりの五月興行に合わせて、役者絵を始めようと思うのだけれど、お前さん、手を貸しておくれでないかい」

「あっしが……役者絵ですかい？」

春朗は困惑した。今の春朗にとってはまたとない助け船だ。しかし総師が死んだからといって、離反した弟子がいきなり役者絵を出すなど、勝川派に喧嘩を売るも同然である。

「早合点しないでおくれ。おまえさんの名前で描けと言っているわけじゃない。あくまで手伝って欲しいだけだよ」

「……と、おっしゃいますと」

蔦重は立ち上がり、文箱から紙の束を取り出すと、春朗の前に並べた。

「なんですか、こりゃあ」

それはなんとも奇怪な絵だった。役柄に合わせて、扮装《ふんそう》も化粧もしているのだが、顔は素顔に近い。鷲鼻《わしばな》であったり、顎が出ていたり、目が小さかったり、皺だらけであったりと、つまり、本人にそっくりなのだ。

役者絵は通常、贔屓客の憧れを裏切らないよう、多少の特徴は加えても、美化して描く。だがこの絵は、あまりにも本人そのままで生々しく、醜い。市川海老蔵《いちかわえびぞう》などの立役はまだしも、特に美しくなくてはならない瀬川菊之丞《せがわきくのじょう》などの女形《おんながた》は致命的で、贔屓が離れかねない。

「一度見たら忘れられない絵だろう」

「これを……売り出そうってんですかい?」

まさかという思いで春朗は尋ねた。芝居小屋や贔屓筋、第一、当の役者が黙ってはいまい。

「考えてもご覧なさいな。いくら芝居の人気が高かろうが、世間には芝居に関心のない人間の方が多いんだ。中には女房や娘が役者に入れあげ過ぎて、役者の人気を苦々しく思っている連中も大勢いる。そういう人たちは、これを見てどう思うだろうね」

「つまり、芝居嫌い、役者嫌いに向けて売り出す、と……」

春朗は衝撃を受けた。物事を逆から見る、こんな考え方をする人間に、初めて会った。

「ご名答。蔦屋が今から役者絵に斬り込むからには、世間様があっと驚くようなものでないとね。……これはね、蔦屋耕書堂が起死回生する秘策なんだよ」

蔦重の目が力を帯びた。

およそ二年前の寛政三年（一七九一年）三月、老中・松平定信《まつだいらさだのぶ》による『寛政の改革』の「出版統制令」に触れ、蔦重が発行した洒落本や黄表紙が風紀を乱したとして、戯作者の山東京伝《さんとうきょうでん》と恋川春町《こいかわはるまち》と共に、蔦屋耕書堂も処罰の対象となった。

春朗も、読本の挿絵がいかがわしいという理由で、危うく罰を受ける寸前までいったことがある。この時は絶版処分で済んだものの、この筆禍《ひっか》により、京伝は手鎖五十日の刑に処され、士分である春町は名誉を重んじ、病気と偽って出頭せずに自害。蔦屋の番頭は入牢《じゅろう》させられ、店は身代半減という大打撃を受けた。

ところが、ここで大人しくやられたままになっている蔦重ではなかった。物腰が柔らかく、丸みを帯びた身体つきの、どこにこんな闘志を秘めているのだろうと驚かされるほど、蔦重は反骨精神の塊《かたまり》だった。

子飼いの歌麿と組んで、美人画の全身像を禁止されれば、役者絵に倣《なら》った『美人大首絵』を生み出した。摺り色が制限されれば、単色で豪華に見える雲母摺《きらずり》を施し、遊女の絵を禁じられれば、美人で評判の町娘を像主《ぞうしゅ》にし、流行を作った。美人画の中に女の名前を入れるのを禁じられれば、小さなコマ絵をつなげて読むと言葉になる『判《はん》じ絵』で対抗した。

身代の巻き返しを図りつつ、幕府との丁丁発止《ちょうちょうはっし》を繰り広げ、世間の喝采《かっさい》を浴びていたのだが……。

「秘策……」

春朗が鸚鵡返《おうむがえ》しに呟いた。常に笑顔を絶やさず、人当たりがいいと評判の蔦重だが、この目を見ていると、身内にはさぞや厳しい人間なのではないかと思う。またそうでなければ、これほどの立身出世が望めるわけがない。

「身代半減からこっち、歌麿と組んでいろいろとお上の裏をかいて来たけれど、ここいらが潮時だろう。共倒れになるわけにもいかないから、歌麿には今の仕事を最後に、しばらくうちから離れてもらうことにしました」

歌麿は、蔦重が筆禍に遭った二年前は下野《しもつけ》（栃木県）の贔屓筋のところに逃げていて難を逃れたが、戻ってきてから『美人大首絵』以降の売れようは凄まじく、ちょうど美人画の頂点にいた鳥居清長が、鳥居派の総帥となって役者絵に専念するために、美人画を封印した時期であったことも功を奏した。蔦重の言う通り、幕府に叛逆《はんぎゃく》し続けた二人がこのまま共にいれば、まとめて咎を受けることになりかねない。

蔦重の言う〝今の仕事〟とは、吉原の遊女の生活を丸一日、一刻置きに描いた『青楼十二時《せいろうじゅうにとき》』という十二枚物の連作で、そのため歌麿はこのところ吉原に入り浸っていると聞いている。

「で、役者絵ですかい」

蔦重がうなずいた。

「芝居嫌いの筆頭は、お上だからね」

――なんと。

幕府の怒りを煽《あお》るだけ煽っておいて、これ以上は危ないと見るや、手のひらを返したように迎合する。鮮やかと言おうか、節操がないと言おうか……。いずれにせよ、他人には真似できない変わり身の早さだ。

「で、あっしに何をしろと？」

未だに蔦重の真意を摑みかね、春朗は用心深く尋ねた。

「見ての通り、この絵は試みとしては面白いが、しょせんは素人絵で、このまんまじゃあ売り物にならない。そこでおまえさんに、役者大首絵として売り出せるよう、この似顔絵を元に版下絵を仕立ててもらいたいのさ」

つまりは、顔だけはこの絵に寄せて、役者絵としての図案を描け、ということだ。

「勝川派にいたおまえさんなら、役者絵はお手のものだろう」

「素人って……描いたのはいったい……」

「知らなくてもいいことだ。描いた男は、正体がばれれば職を失う」

「だったらなんでそんな危ない橋を……」

「一緒に暮らしている女が病になったとかで、金が要るんだそうだ」

春朗は黙り込んだ。

「おまえさんも同じだろ？　……無理にとは言わない。役者をからかった絵を売り出すのに、勝川派のおまえさんが手を貸した、なんてことがばれちゃあまずいだろう。しかも、勝川春朗としてすでに世に出ているおまえさんが、いまさら版下絵なんぞ、不本意に違いない。……だがどうする？　画料は弾むよ」

　こちらを睨みつけつつ、蔦重の目の奥が笑っている。

「やらせてくだせえ」

　春朗は蔦重の目を見返した。

「金が要り用なのはもちろんだが、こんな面白そうな企みに、乗らない手はねえや」

　心が沸き立った。一刻も早く版下絵を手がけたくてうずうずした。

「けど旦那、一つだけ、頼みを聞いちゃもらえやせんか」

「なんだい、言ってごらん」

「この絵を描いた男に会わせて欲しい。どんな男がどんな心持ちでこの絵を描いたのか。それが摑めねえことにゃあ、ケツの座りが悪くていけねえ。旦那の言う通り、ばれりゃまずいのはおいらも同じだ。誰にも喋りゃあしねえから、どうか会わせておくんなせえ」

　蔦重は唸ったまま少し考え込んでいたが、

「おまえさんの言うこともわかるがね。……ならこうしよう。おまえさんの意向を向こうに伝えて、向こうがいいって言ったら、会わせてあげよう。けど、会いたくないと言ったら、その時はすっぱりと諦めておくれ」

そう約束してくれた蔦重であったが、相手の同意が得られなかったらしく、ついに男に会わせてはもらえなかった。


春朗は、謎の男が描いた似顔絵を手本に、何度も描き直して大首絵を仕上げていった。当初は勝川派で学んだ技巧を取り入れて描いたのだが、蔦重にことごとく否定された。曰く、

「顔と体がバラバラだ。このしょぼくれた顔に、威風堂々とした体が合うと思うのかい？」

「手はもっと小さく。歌麿の美人画ぐらいの、華奢《きゃしゃ》な手でいいんだよ。その方が顔に目が行くからね」


といった具合だ。あれこれ直してようやく様式が定まったところで、

「画号が決まったよ」

蔦重が告げ、『東洲斎写楽《とうしゅうさいしゃらく》』と、決して上手くはない楷書で書かれた紙を広げた。

「この字は、その男が？」

「そうだよ」

――やっぱり〝写楽〟は素人だな。絵師でありゃあ、こんなたどたどしい字で名入れをするわきゃあねえ。

「まさか、この字のまんま彫るんですかい？」

「ああ。名入れぐらいは自分で書きたいだろう。それに、謎めいていて面白いじゃないか」

「東洲斎ってこたぁ、その男は中洲《なかす》に住んでんですかい？」

謎の男の正体に迫れるかも知れないと、春朗は尋ねた。江戸城の東にあり、大川《おおかわ》（隅田川《すみだがわ》）の河口に近い中洲は、別名東洲斎と呼ばれている。

「まあ、そういうことにしておこう」

「写楽ってのは？」

「そのまんまだよ。人を写すのが楽しいそうだ。それに、洒落《しゃれ》にもしゃらくさいにもかかっている」

「楽屋を写してんじゃねえんですか？」

今度はカマをかけてみた。あの絵は、役者を間近で見ていないと描けるものではない。楽屋に出入りできる人間が描いた可能性は高いと踏んでいる。

「さあ、どうだろうね」

蔦重はとぼけた。

「ともかく、写楽の売り出しは一挙に二十八図だ。急いでもらわないと間に合わないよ」

「二十八図って……なんだってまたそんな大量に？」

春朗は驚きを隠せなかった。無名の新人の売り出しは、通常多くて三枚程度。二十八枚は破格の扱いだったからだ。

「店中の壁と棚を、写楽一色に染めるためだよ。うちの飾り棚は、大判七枚が横に並べられて、これが四段で合計二十八枚。しかも背景は全て黒雲母《くろきら》で潰す。店に並んでるところを思い描いてごらん。暗闇にぼうっと役者が浮かんで、まるで舞台を見るような景色になると思わないかい？」

雲母摺《きらずり》は、雲母《うんも》の粉を絵具に混ぜて背景を塗り潰す、贅沢な技法である。蔦重が歌麿と編み出した美人大首絵の背景には、度々《たびたび》白雲母摺が使われている。この方法なら人物の背景が淡く光るので、幕府から制限されている色数内でも豪華に見えるのだ。

「そりゃまた豪気な……」

春朗は、呆気にとられてつぶやいた。

東洲斎写楽　寛政六年（一七九四年）〈春朗こと北斎・三十五歳〉

『東洲斎写楽』と名入れされた大判役者大首絵二十八枚が、蔦屋耕書堂の店先に並んだのは、翌・寛政六年の五月のことであった。

控櫓三座が出揃うとあって、芝居人気は加熱していた。すでに老舗の和泉屋市兵衛《いずみやいちべえ》、鶴屋喜右衛門を始めとする五軒の版元が、春朗の兄弟子の勝川春英や、新進気鋭の歌川豊國《うたがわとよくに》といった人気絵師を登用し、役者絵を売り出している。

果たして蔦屋のこの連作は、世間の話題をさらった。常に時代の先を行く蔦重の、奇策に慣れているはずの江戸っ子でさえ、度肝《どぎも》を抜かれた。

喝采をもって迎えられる反面、芝居連中《れんじゅう》の怒りは生半可《なまはんか》なものではなかった。正面切って怒鳴り込まれたり、石や塵《ごみ》が投げ込まれたり、買われた役者絵が引き裂かれて捨てられていたりといった嫌がらせを受けた。多少のことは覚悟していた蔦重だが、毎朝、店の前に糞尿《ふんにょう》がぶちまけられるのには辟易《へきえき》したようで、

「次の写楽は全身像で行きます」

と言い出した。これだと顔が小さく描かれるため、初めに売り出した大首絵に比べ、異様さがかなり抑えられる。

――なんでえ、つまらねえ。

春朗は腹の内で毒づいたが、同じ手で次の連作を出しても、もはや誰も驚かないし、売れないことは目に見えている。しかも錦絵一枚の値段の上限が定められたことによって、雲母摺も使えなくなった。

蔦重の目論見《もくろみ》としては、写楽の名と、蔦屋が役者絵に参入したということを、世間に知らしめられれば良いことであった。

周囲にばれないよう、蔦屋の奥座敷で黙々と写楽の版下絵を手がけていた春朗に、蔦重が背後から近づいて絵を覗き込んだ。下絵に集中している春朗は、見られていることに全く気づかない。

「おまえさん、琳派《りんぱ》を学んでみてはどうだい」

突如頭の上から声をかけられ、春朗の両肩がびくりと跳ね上がった。蔦重は回り込み、下絵を挟んで春朗の正面に座った。

「おまえさんの絵は、上手いには上手いんだが、勝川派の流れが色濃いせいか、行儀が良過ぎていけない。写楽の大首絵だって、黒雲母でなんとか重みを出したものの、背景がなけりゃあ、みんなただ、薄ぼんやりと立ってるだけだよ」

「そりゃあ旦那が……！」

春朗が写楽の大首絵を描き始めた時、『しょぼくれた顔に威風堂々とした体は合わない』と描き直させられた。手も小さくして、わざと見得を切りきれていない、力の入らない絵を描いたのだ。それを今更、重みがないと責められても得心できない。

「つまらないと言ってるんだ!」

パン! と畳を掌で叩いた。

蔦重は懐から、四つ折りにした下絵を取り出し、春朗の目の前に広げて見せた。

「お前さんに見せると、萎縮するだろうと思って隠しておいたんだがね」

「お前さんに話をつける前に、歌麿が手慰みに描いたもんだよ」

描かれていたのは三世大谷鬼次《さんせいおおたにおにじ》の奴江戸兵衛《やっこえどべえ》。春朗が描いた下絵に比べると、より滑稽味があり、品もある。なるほどこの絵なら、背景を黒雲母で潰さずとも錦絵として成立するだろう。

「歌麿は手を貸してもいいって言ってくれたんだがね、私が断ったんだ。大歌麿にこんなことはさせられないってのが一つと、ちょうどお前さんが勝川を辞めるって聞いてたんでね。お前さんが訪ねて来なけりゃ、私から誘いをかけに行ってたところだ」

春朗は全てを得心した。

あの時――。歌麿と蔦屋の裏口でぶつかったまさにあの時、歌麿はこの下絵を描いたのだ。きっとその折に蔦重から、写楽の下絵を春朗に任せるつもりだと聞いたに違いない。だから歌麿は「蔦重に呼ばれましたか?」と聞き、「楽しみにしていますよ」と言ってくれたのだ。

「今回、仕事をさせてみてわかった。あと少しなんだよ、お前さんは。あと一枚、殻を破れれば……」

春朗はぐうの音も出ず、黙り込んだ。これまで、己の腕には絶大な自信を持っていた。臨写《りんしゃ》などはお手の物だし、手本などなくても、題を与えられれば自在に描ける。だが、ただそれだけだ。

——つまらねえ、つまらねえと言い続けてたが、つまらねえのは俺の方か。

「次の写楽は立ち姿だ。ただぼうっと立っていられちゃあ困るんだ。その点、『風神雷神図《ふうじんらいじんず》』や『燕子花図《かきつばたず》』といった、琳派の大胆な絵組なんぞものにすりゃあ、おまえさん、勝川春章を超えられる絵師になれるんじゃないかね」

「けど、あっしにゃあそんな、金も暇もありやせん」

今手がけている写楽の第二弾の連作は、七月に売り出しが決まっている。前作からたったふた月しかないのだ。

「今やらなくていつやるんだ。今描いてる絵を、少しでもいいものにしようとは思わないのかい？　おまえさんの忙しさなんざ、売れっ子の豊國に比べれば、何ほどのこともない」

写楽と同時期に役者絵を売り出し、大評判を取った歌川豊國には、注文が引きも切らずだと聞いている。

「いいかい、写楽が描けるのは似顔絵だけなんだ。身体を描くのは、おまえさんの腕にかかっているんだよ」

「へい……」

「金子《きんす》なら、出世払いで立て替えてあげます。出してあげてもいいのだけれど、こういうものは、身銭を切らないと身につかないからね」

蔦重は春朗の返事も聞かず、そそくさと琳派の絵師への紹介状を書き始めた。

写楽の売り出しからおよそ半年後の年の暮れ、勝川春章の三回忌に、春朗は画号を返上するために赴いた。

実に十六年もの間使い続けた画号だったが、蔦重の差配で琳派を学んだ上は返上し、以後は『二代目・俵屋《たわらや》宗理』を名乗ることに決めていた。

だからと言って春朗は、初代の俵屋宗理と面識があるわけではない。初代はすでにこの世になく、弟子も子孫もいない。ゆえに、空き名になっているのならば使わせてもらおうと考えたわけだ。『俵屋宗理』という人間を誰も知らなくても、字面から、琳派の始祖『俵屋宗達《そうたつ》』の弟子なのだろうと皆が勝手に思ってくれる。そこに目をつけたのだ。

春朗を敵視しなかった二番弟子の春潮は、春章の存命中に何作かの傑作枕絵を世に出した後、師匠が亡くなってすぐに筆を折った。法要には顔を出していたが、

「春潮兄さん、今何を？」

と聞いても「何も」と答えたきりで、薄く笑った。その笑い方は、どこか亡き師に似ていた。

――この人の情熱は、師匠を盛り立てるためにあったのかも知れない。

そう思わせるほど、二人の寄り添い方は堂に入っていた。

勝川派を存続させ、春章に好きな肉筆画に専念してもらうため、自身は売れ筋の美人画を描き、高値がつく枕絵を描いた。春章の絵組の相談に乗りつつ、常に師匠のために絵具を作っていた。天才絵師であった春章に頼られることが、春潮の生き甲斐であったのではないかと思う。春章のいない勝川派や浮世絵の世界に、春潮は何の喜びも見いだせなかったのかも知れない。


春朗は、久方ぶりに一番弟子の春好と対峙《たいじ》した。

「お久しぶりです、春好兄さん」

法要の後、一人庭に佇む春好に声をかけた。

意外にも春好は、師匠の跡目を継がなかった。二代目・勝川春章を継いだのは、春好の弟弟子で、春朗に師匠の死絵《しにえ》を見せてくれた春英の一番弟子の春幸《しゅんこう》であった。これは、師匠とはあまりにも画風が違い、役者絵に関しては師匠を超えたと自負する、春好の矜持《きょうじ》だったのかも知れない。

「長い間、『勝川春朗』を名乗らせていただき、ありがとうございやした。今後は『二代目・俵屋宗理』として、精進して参りやす」

深々と頭を下げた。

「春朗の名は返上するというのだね」

「へい」

「では、使わせてもらうよ」

春好は飄々《ひょうひょう》と言った。

「へ？」

春朗が驚いて顔を上げると、

「おまえみたいに、生意気で腕の立つ男が現れたら継がせてやろう。師匠の名が二つもついた、縁起物の画号だからな。それに、おまえはこれから有名になるんだろ？　誰もが欲しがる名にしろよ」

春好は晴れやかに笑った。長年のわだかまりが解けた瞬間だった。

だが以降、勝川春朗の名を継いだ絵師はいない。

また、故人の偉大さを示すかのように、春章亡き後の勝川派は、急速に人気を失っていった。

俵屋宗理〈こと北斎・三十六歳〉　寛政七年（一七九五年）

写楽の登場からわずか十ヵ月で、蔦屋重三郎は写楽を封印した。この間、四期に渡って合計百四十五枚の役者絵と相撲絵を刊行したが、売れ行きは落ちるばかりで、とうとう出すのを諦めたのだ。

『春朗』改め『二代目・俵屋宗理』は、二期の作品まで手伝うと約束した上で、以降の版下絵の依頼を断った。中島伊勢の家督を長男に譲り、『俵屋宗理』を〝勝手に〟襲名したからだ。

「俵屋宗理が、版下絵師なんぞやっていいわきゃあねえ」

以前蔦重が「大歌麿にこんなことはさせられない」と言った科白《せりふ》になぞらえて、宗理は大見得を切った。

琳派の絵師を紹介したのも、金子を立て替えたのも蔦重である。それも、写楽の絵をより良いものにする、という目的があってのことだ。それを断るというのは本末転倒、恩を仇で返す行いで、宗理は蔦重が、烈火の如く怒り出すことを覚悟していた。

かつて彫師の政五郎親方や、勝川春好が己を罵《ののし》ったように……。

また、そうなればなったで、蔦重には真実を話してやろうと身構えていた。

『旦那、騙されてやすよ』

と――。

実は、二期目の写楽の下絵を描いている最中、蔦屋に入り浸っていた宗理は、店に出入りする人物の中で、写楽と目星をつけた人間の跡をつけたことがあった。

その男は侍で、編笠を深くかぶって蔦屋の裏口に現れ、人目をはばかるようにして蔦重の部屋に通され、人払いまでされていた。明らかに怪しい。

侍が出てくるのを待ってこっそり跡をつけると、果たして侍は、一軒の芝居小屋に入って行った。すれ違いざま、ちょうど出前を終えて出て来た鰻屋《うなぎや》の小僧の袖を引っ張り、駄賃をやって、

「今、入ってったお侍は誰だ？」

と聞くと、

「はい、阿波《あわ》藩お抱えの能役者、斎藤十郎兵衛《さいとうじゅうろべえ》様でございます。囃子方《はやしかた》のお稽古に参られたのでございましょう」

意外に簡単に正体がわかったものの、何やら腑に落ちない。絵師の勘と言うべきか、宗理にはこの斎藤十郎兵衛という男に、絵心があるとは思えなかった。

ここまでの道中、絵描きであるなら当然関心を持つべき、大道芸や色女、ちょっとしたいざこざなど、まるで無関心に通り過ぎたからだ。それも、何かを考え込んでいる様子でもなく、役目を終えてホッとしたような風情で、まるで緊張感がない。

――どうも、あいつが写楽とは思えねえ。

だがしかし、手がかりが全くないわけではない。

絵と向き合い、考え続けるうちに思い当たったことだが、写楽の絵は、芝居小屋で働く人物が描いたものに違いない、と判じるようになった。例えば舞台の本番を、いくら近くで見られたとしても、これほど真に近い、役者全員の顔を描けるわけがない。かと言って、このように役者を侮辱した、奇怪な絵を躊躇なく描けるのは、役者や芝居者に対して恨みがあるか、全く感情を持たない人間だろう。しかも金に困って、一か八か絵を売りに来る輩《やから》と言えば……。

——上からひでえ目に遭わされてる、下っ端の役者か？

宗理は早速芝居小屋の裏に回り、緩んだ筵《むしろ》の壁をめくって、中に忍び込んだ。

勝川派にいた頃には、役者の絵を描くために度々訪れた芝居小屋だ。間取りは熟知している。

宗理は斎藤十郎兵衛を探すべく、顔を伏せつつ、一階の楽屋口に向かった。そっと部屋を窺ってはみたが、稲荷町《いなりまち》（下級の立役）の中に十郎兵衛の姿はない。

——いってぇどこ行きやがった、あの野郎？

中二階には女形の、本二階には座頭と大立役の楽屋があるが、誰ぞに挨拶にでも行っているのだろうか？

どこを探そうかと思案に暮れた時、

「宗理さんやおまへんか。なんでこんなとこに？」

ぎょっと振り向いた先にいたのは、蔦屋に手代で入ったばかりの幾五郎《いくごろう》という男だった。元は武士で、長く大坂《おおさか》にいたらしく、上方《かみがた》の言葉が抜けていない。戯作者になりたいと、蔦重を頼って奉公に入ったと聞いている。

宗理が蔦屋に籠もって仕事をしている間、何くれと世話を焼いてくれたのが幾五郎であった。四つ下と歳も近く、親しく話すようになっていた。この男ならそう害はあるまいと、宗理は胸を撫で下ろした。

「いや、ちょいと野暮用《やぼよう》で……」

「野暮用って、下絵は？」

写楽の正体については、店中の者がしかと口止めされている。下絵を宗理が描いていることも然りで、従って幾五郎も写楽の名を口にはしない。

「幾五郎さん、斎藤十郎兵衛ってお侍、知ってるかい？」

幾五郎はキョロキョロと辺りを見回し、

「例のあの人のことですな」

訳知り顔で囁いた。

「やっぱり……。で、幾五郎さんは、斎藤様にご用で？」

「いいえ、別件で座元に用を頼まれただけです。宗理さんは斎藤様に会いに来はったんですか？　けどそれはご法度《はっと》ちゃいますのん？」

「いや、斎藤様と話すつもりはねえんだが、どうにも腑に落ちねえことがあってな。俺には斎藤様が、例のあの人じゃねえように思えるんだ。……頼む！　俺がここに来たことを、旦那には黙っててくんねえか？」

宗理は両手を合わせて幾五郎を拝んだ。

「なんや面白そうですな。よろしおま。わても戯作者の端くれや。面白そうな話に乗らん手はありまへんよって、内緒にしといてあげますわ。その代わり、なにかわかったら必ずわてにも教えてくださいな」

幾五郎はニヤリと笑った。

「承知。……で、その斎藤様だが、どこに行ったか知らねえか？」

「ああ、さっき舞台裏に入って行かはりましたわ」

「ありがてえ！」

幾五郎の両肩をバン！　と叩き、宗理は嬉々として舞台裏に向かった。


ボソボソと、話し声が聞こえた。

宗理は物陰に身を隠して、そっと声のする方へ近づいた。

舞台裏と聞いて得心がいった。そこにあるのは大道具部屋である。

宗理は写楽の正体を、役者や芝居者に対して恨みがあるか、全く感情を持たない人間だと推測した。恨みがあるなら下っ端の役者かと考えたが、稲荷町の誰かが誰にも見つからずにあの絵を描いて売る、というのは至難の業だろう。

それに対して大道具方ならば、役者を側で見ながら直接の関わりが薄く、絵心もある。

果たして宗理が跡をつけて来た十郎兵衛が話している相手は、背が低くて小太りの、大道具方の男であった。

話を終えて十郎兵衛が引き上げると、男は大きな筆を手に、舞台の背景に使う書割《かきわり》を描き始めた。腰を直角に折って、全体像を見据えながら、背景を手早く雑木林で埋めてゆく。遠くから舞台を見ても映えるように、書割には大胆な誇張が施されている。

――間違いねぇ。〝写楽〟の筆だ。

宗理は、懐から写楽の下絵を取り出し、そっと開いて男の目の前に落とした。

男の動きがピタリと止まり、ゆっくりと宗理を見上げた。

「それ、あんたの絵だろ？」

宗理が凄《すご》んだ。

「会いたくないと伝えたはずだ」

宗理よりやや年嵩《としかさ》だろうか。吊り目で下顎が張った男がふてぶてしげにこたえた。

「勝手に訪ねて来たのは悪かったよ。……けどよ、あの斎藤十郎兵衛ってぇお侍は、あんたのなんなんだ。使いか？　それとも替え玉か？　蔦重の旦那は、あんたが写楽だってこと、知ってんのか？」

宗理が息巻くと、男はフッと息を抜いて笑った。

「そんなに矢継《やつ》ぎ早《ばや》に聞かれてもなぁ。……いってえ何からこたえりゃいいんだ？」

「おう。こたえる気があるんなら、ちょいと面《つら》ぁ貸してもらおうかい」

宗理は男の胸ぐらを摑み、睨みを利かせた。

——全く、とんでもねえ野郎だったぜ。

男の名は弥助《やすけ》と言った。宗理は弥助を蕎麦屋《そばや》に連れて行った。質問責めにしてわかったのが、『蔦重は斎藤十郎兵衛を写楽だと思っている』ということだった。

「なんで旦那を騙した？」

宗理が問い詰めた。

「大道具方が描いた絵なんざ、誰も相手にしちゃくれねえからよ」

「旦那の目は確かだ。そんなこって、物の良し悪しを見誤ったりしねえよ」

「だが画料はどうだい？　お侍が描いたことにしといた方が、高値がつくと思わねえか？」

宗理はグッと息を詰まらせた。さもありなんと思ったからだ。

弥助の酒癖は、決していいとは言えなかった。

「俺は誰にも習わずにあの絵を描いた。それに比べてお前ら絵師はなんだ！　あっちが流行りゃあ、あっちへコロコロ、こっちが流行りゃあこっちへコロコロ。みんなおんなじようなもんばっかり描きやがって！」

つまりは絡《から》み酒である。

「やかましいやい！　なんも知らねえくせに、ガタガタ抜かすんじゃねえ！　錦絵ってのは、数を売らなきゃいけねえんだから、流行りに乗るのは当たり前だ！」

反論しつつも宗理は、弥助に分があることがわかっていた。

勝川一門に入ってつつがなく過ごせば、仕事が回ってきて名も売れるだろうが、流派の色に染まって個性を失う。宗理なんぞはその葛藤に悶《もだ》え苦しんだ口なので、何者にも縛られず、これだけ個性的な絵を自由に描ける弥助が羨ましくもある。

その後も、自慢話を聞かされて、たらふく酒をおごらされた。

「ところであんた、コレの具合が悪いんだってな」

宗理が小指を立てて聞いた。弥助が、職を失うかもしれない危ない橋を渡りながらも、正体を隠して絵を売る理由は『一緒に暮らしている女が病になったために金が要る』からだと蔦重から聞いている。

「そんなんじゃねえや、馬鹿野郎。それにありゃあ、治らねえ病なんだとよ。せっかく銭をこさえて医者に連れていきゃあ、つける薬はないからって帰されちまって。挙句にゃ銭は酒に消えちまった」

弥助はつまらなそうに言った。

——不治の病たぁ気の毒に……。そりゃあやけ酒で、愚痴を言いたくもなるだろうよ。

宗理は同情を覚え、燗酒を追加してやった。

蔦重との約束を破って、勝手に写楽に会いに行ったという負い目があるため、宗理はそれ以来ずっと、写楽の正体のことは幾五郎にしか話していなかった。

だが、ここでもし蔦重から、

『今更、写楽を降りるだって？　よくもそんな薄情なことが言えたもんだね、この恩知らず！』

とでもなじられたなら、洗いざらいぶちまけてしまおうとも思っていた。

『女のことは気の毒に思うが、旦那を騙して仕事を取った野郎に、これ以上肩入れする気になれない』と。

ところが、意に反して蔦重は、

『俵屋宗理が、版下絵師なんぞやってていいわきゃあねえ』

と啖呵《たんか》を切った宗理を褒めた。

「よくぞ言った！　それでこそ二代目・俵屋宗理だ。その自負と気概こそ、絵師には必要なものだよ。……おまえさん、いい絵師になるよ」

快く任を解いてくれたばかりか、新しく狂歌絵本の挿絵の注文までしてくれた。

――このお人にゃ、かなわねえな。

「ところで宗理さん」

宗理が深々と頭を下げて、立ち上がりかけたところに、蔦重が声をかけた。

「へい」

宗理は再び姿勢を正して座り直した。

「写楽は、どんな人物でした？」

一瞬、何を尋ねられたのかわからなかった。

「……知って……たんですかい」

蔦重はニコニコと笑っている。

「斎藤様が描いた絵ではない、ということはね」

「いってぇいつから……」

「『写楽に会いたい』というおまえさんの頼みを断ってきた時ですよ。……あの、頼まれれば断れない、人のいい斎藤様が慌てて断ったのを見て、これは何か事情がある、と。しかも、用心深そうに見えて斎藤様は、あのような格好で裏口から入る方が余計に目立つということも、おまえさんにつけられていることも気づかない、抜けたところがおありだ」

「あっしにわざと、跡をつけさせたんですかい？」

「あれだけ派手に人払いすれば、きっとおまえさんが気づくだろうと思ってね。あたしも、下手に正体を暴いて、あとで難癖なんぞつけられたくないんでね」

「それならそうと、探ってこいと命じてくだされば」

「いや。頼んでたらきっと、おまえさんは断ってたさ。自分じゃ気づいていないようだけど、天邪鬼《あまのじゃく》なところがあるからね。『会わねえって言われたもんを、押しかけるわけにはいかねえ』とかなんとか言って。それに、自分から正体を知りたいと強く願ったから、本物にまで辿り着けたんじゃないかね」

「…………」

宗理が抜けた後、写楽の三期と四期を誰が手伝ったのかは知らない。けれど出来映えの粗末さを目にする度に、自分が抜けたせいだと自責の念に駆られる反面、今の蔦屋には、この程度の手駒しかないのかと歯痒さを感じた。

■

「いやあ、画号を変えてくれて良かったよ。勝川派の手前、春朗さんには頼みづらくてね」

宗理襲名の挨拶に行った先々でそう言われ、版元連中から読本の挿絵や錦絵の仕事がもらえるようになった。皆、宗理の腕前には一目置いていたのだ。

さらに、粋人通人《すいじんつうじん》を気取る裕福な町人たちから、直接、狂歌摺物を依頼されるようになった。

狂歌摺物とは、一枚物の書画の一種で、花鳥風月や静物などを描いた風雅な図に、狂歌が添えられている。記念品や配り物にするために作られる物で、売り物ではないため、幕府の検閲を気にする必要がなく、贅沢で凝った摺物となる。

数年前に誘われて参加した、川柳の会の主催者からの紹介だったが、これがかなりの評判となり、我も我もと注文が殺到した。

元々腕があったところへ、幕府御用達の住吉《すみよし》派の雅《みやび》やかな画風と、琳派の粋で大胆な構図を習得したことが功を奏した。それまでこぢんまりとまとまっていた宗理の絵は、上品でありながらも、見る者をハッとさせる迫力を持つようになったのだ。『琳派を学べ』と提言した、蔦重の慧眼《けいがん》には感服するほかはない。

さらに宗理がありがたかったのは、肉筆画の依頼が舞い込むようになったことだ。大量生産の木版画とは違い、一枚限りの肉筆画は、錦絵などとは比べ物にならない額の画料が支払われる。しかも、墨一色の線画を元に、彫師や摺師の手が入り、何度も摺り重ねて完成させる錦絵に比べ、最初から最後まで己一人の手で仕上げる肉筆画は、やりがいの面でも大きく違う。

宗理が描く肉筆美人画はほっそりとして、蜻蛉《かげろう》のように儚《はかな》く消え去ってしまいそうな風情が『宗理風美人』と呼ばれ、人気を博した。何を隠そう、像主は恋女房の蕗であった。

ところが、である。俵屋宗理になって一年が経ち、ようやく生計《たつき》の目処《めど》が立って弟子もつくようになった矢先、流行り病で蕗が死んだ。三十四歳であった。

――なんでい、おい。やっとこれからだってのによう。

苦労しかさせてこなかった。貧しさもあって、宗理が仕事に没頭した分、女手一つで一男二女の、三人の子を育ててくれた。借金を返し終え、まとまった金子が入ったところで、初めて日本橋越後屋《えちごや》呉服店に連れてゆき、娘たちの分を含め、反物を買ってやった。

――毎晩楽しそうに着物を仕立ててやがったくせに。てめえの分が縫い上がる前に逝っちまいやがって……！

座棺《ざかん》に入れられた骸《むくろ》は、あまりにも軽かった。

長女の美与は住み込みで奉公に、長男の富之助は中島家に養子に出していたものの、宗理の元に、十歳に満たない次女のお鉄が残された。

蔦屋重三郎　寛政九年（一七九七年）〈宗理こと北斎・三十八歳〉

正月の挨拶回りに、宗理はお栄を連れて、久方ぶりに蔦屋を訪ねた。

出迎えてくれたのは幾五郎であった。二年前から『十遍舎一九《じっぺんしゃいっく》』の筆名で、多くの黄表紙を蔦屋から出している。文章だけでなく、絵も自身で描けるとあって重宝されている。

「これは宗理さん、おめでとうございます。おや、そちらの娘さんは？」

「新年、おめでとうごぜぇやす。こいつはあっしの娘で、栄といいやす」

幾五郎はお栄に微笑みかけ、お栄はおずおずと頷いた。

「旦那にご挨拶ですか。なんや秋頃から具合を悪うしてはって、奥で寝てはりますわ。宗理さんやったら会う、いいはるかも知れんから、ちょっと待っててくださいな」

しばらくして、二人は蔦重の私室に案内された。二人が揃って頭を下げると、蔦重は羽織を肩に掛けて、寝床から起き上がった。明らかに顔と手がむくんでいる。

「ああ、おめでとう。こんな有様で申し訳ないが、どうにも足が痺《しび》れてね」

「お大事になすってくだせえ」

「ありがとう。ところで今日は、娘さんも一緒かね。確か……お栄ちゃんだったね」

蔦重は、こと女と再婚した際の世話人を引き受けてくれただけに、お栄と会うのは二度目であった。お栄もそれを覚えているのか、はたまた蔦重の物腰の柔らかさが警戒心を解くのか、珍しく宗理の陰に隠れもせず、素直に頷いた。

「実は、今日お栄を連れてきたのはほかでもありやせん。こいつの絵を見てやって欲しいんでさぁ」

宗理は懐から十枚ほどの束ねた絵を取り出し、蔦重に渡した。

「なんと、この絵をこの子が？」

隙間なくびっしりと細かな図で埋められたお栄の絵を見た途端、蔦重は感嘆し、一枚一枚を布団の上に並べ始めた。

「へい。最初は、あっしが描いた手本を横に並べただけで、そっくりに描くんで驚いたんですが、今は描き損じを渡すと、この有様で」

先ほどまでの様子とは打って変わって、蔦重がみるみる気力を取り戻し始めたことに驚きつつ、宗理は答えた。

――やっぱりこのお人は、版元の鑑《かがみ》だぜ。

「おまえさんが教えたわけじゃないんだろう」

「もちろんでさぁ。いろんな流派に首を突っ込んで来やしたが、こんな画風は初めてで……」

「うーむ、面白い。写楽を見たとき以来の面白さだ」

お栄は褒められた嬉しさからか、目を吊り上げてキャッキャとはしゃいでいる。宗理は「良かったな」というように、お栄の頭を撫でた。

「将来が楽しみな娘さんだ。きちんと育ててあげなさいよ」

「へい。……ところで旦那、写楽はもう出さねえんですかい？」

わずか十ヵ月の間に百四十五点以上の錦絵を売り出したが、最後の作品から丸二年が経っていた。後に行くほど作品の勢いは衰え、売れ行きも良くなかったと聞いている。失敗作として、このまま葬るつもりなのだろうか。

「ああ。……おまえさんにだから話すけどね、あの大道具方は亡くなったそうだよ」

「えっ……」

「斎藤様がちっとも新作を持ってこないんで問い詰めたら、ご自身が描いたものではなかったことを告白され、描いた男は死んだと……」

「そうだったんですかい」

「だから、十一月と翌一月は、手本のないまま出してあのザマだ。もう少し引っ張れると思ったんだけどねぇ」

「旦那にゃあ珍しく、あてを外したわけですね」

「まあ、そういうこともあるさ。ところでおまえさん、うちの番頭の瑣吉《さきち》、覚えているかい？」

宗理の脳裏に、いつもしかめっ面で店番をしていた男の顔が浮かんだ。貧しさゆえに士分を捨てて、蔦屋に奉公に入ったと聞いていた。

「ああ。確か旦那が、履物《はきもの》屋の婿養子の口を世話してやった」

「そう。ああ無愛想じゃお店者《たなもの》には向かないんでね。で、その瑣吉が、姑が死んだのをきっかけに履物屋を廃業し、昨年蔦屋から曲亭馬琴《きょくていばきん》の筆名で『高尾船字文《たかおせんじもん》』って読本を出したんだよ。

元々、京伝さんとこで戯作の代筆をしてたのを頼まれて面倒みてたんだがね。ようやく念願叶って戯作者になれたってわけだ」

「あの本の作者は瑣吉さんでしたか」

『水滸伝《すいこでん》』を下地にし、評判を取った本である。

「次は伝奇物《でんきもの》の長編を書きたいと言ってるんだがね、おまえさん、その本の挿画を描いてくれないか。明画はおろか、古今唐画も極めているおまえさんが描くなら、さぞかし凄味のある挿画になるだろうよ」

「あっしで良けりゃあ、是非」

蔦重は再びお栄の絵に目を落とし、

「この絵を見て閃《ひらめ》きました。ここまで描き込めとは言わないが、紙全体を覆い尽くすこの迫力。本から飛び出すような挿画を、頼みましたよ」

いたずらを思いついた子供のように、楽しげに語った。

「参ったなこりゃあ。おめえの絵を見習えってよ」

宗理がお栄の頭をポンポンと叩くと、お栄が宗理を見てニッと笑った。

■

この年の五月三十一日、蔦屋重三郎が死んだ。江戸わずらい（脚気《かっけ》）が原因だった。

『吉原細見』という、吉原遊廓内の地図や名称、遊女屋ごとにいる遊女の地位と名、茶屋や男女の芸者の名などを書いた案内書を改訂することにより、寂《さび》れていた吉原遊廓に活気を取り戻させ、喜多川歌麿という大絵師を育て上げ、出版に於《お》いて、数々の変革を起こした傑物だった。

惜別、痛恨、無念、悲嘆……。

恩人の早過ぎる死を、宗理は複雑な思いで眺めた。

――五十年も生きてねえじゃねえか。

まだまだやりたいことがあっただろうに。まだまだ世間を引っ張って行けただろうに……。

――馬琴と組ませるって、言ってたじゃねえかよう……。

まだまだ、一緒に仕事をしたかった。

――死んじまったら、おしめえだ。

自分があと、何年生きられるかなんてわからない。

たかだか美人画が好評だったぐらいで、四十前にもなって、何も成し遂げていない己に、宗理は言いようのない焦りを感じた。

翌々日、代々の日蓮宗徒である宗理は、蔦重の葬いと、自身を奮起させるため、お栄と一緒に業平《なりひら》にある柳嶋妙見山法性寺《やなぎしまみょうけんさんほっしょうじ》に参った。梅雨のさなかゆえ、多少の降りは覚悟していたが、前も見えないような豪雨に遭った。お栄を雨から庇いながら商家の軒下に逃げ込んだものの、なかなか雨が止む気配がない。

叩きつけるような雨にたちまち地面がぬかるみ、下駄の歯が土にめり込んでゆく。

――まるで仲蔵《なかぞう》の五段目じゃねえか。

歌舞伎役者の中村《なかむら》仲蔵が、『仮名手本《でほん》忠臣蔵』の五段目に登場する斧定九郎《おのさだくろう》を演じるにあたり、大雨に遭って蕎麦屋に飛び込んできた粋な浪人に着想を得て、山賊の衣装だったものを、黒羽二重《くろはぶたえ》に博多帯、濡れ鼠で演じて人気が出た逸話は有名である。

しかもその中村仲蔵は、蔦重の親戚筋なのだ。

――なんでぇおい、蔦屋の旦那。あっしに何か言いてぇことでもあるんですかい？

天に向かって問いかけ、ずぶ濡れになってもいいから飛び出そうかとお栄の手を引いた矢先、目の前の柳の木に雷が落ちた。

一瞬、目も眩《くら》む強い光に包まれたかと思うと、「ゴロゴロゴロドッシャーン！」と轟音がして、柳の木が真っ二つに裂けて煙を上げたのだ。宗理は咄嗟《とっさ》にお栄を懐《ふところ》に抱き込んだ。

「あっぶねぇ……大丈夫か？」

お栄は口をポカンと開けて、宗理の背後を見ていた。宗理が振り返って見上げると、根元まで裂けた幹の、向かって左側の太い方は、枝葉の重さに耐えかねて、だらりと地面に垂れ下がっている。右側の幹は辛うじて自立はしているが、大きな弧を描いてしなっていた。

その瞬間、天啓が降りてきた。

――旦那、そういうこってすかい。

人が作った流派にぶら下がっていたところで、幹が裂ければ堕ちゆくのみ。ならば自身が流派を興し、総帥になればいい。

生前、蔦重が「明画はおろか、古今唐画も極めているおまえさんが描くなら、さぞかし凄味のある挿画になるだろう」と言ってくれたように、狩野派、住吉派、琳派、勝川派に加え、大陸の画法まで極めた自分にしか描けない、新しい画法を確立するのだ。

――画号を変えなきゃなんねえな。

妙見様にお参りした帰りに、雷に遭って開眼したのだから……。

「北斎辰政雷斗《ほくさいときまさらいと》、ってのはどうだ？」

思わずお栄に問いかけていた。

「な……に？」

「俺の新しい名前だ」

妙見菩薩は、天空で唯一不動の北極星と、その指針となる北斗七星の化身と言われている。

宗理は小枝を拾い上げ、雨が止んでぬかるんだ地面に、画号の漢字を書き始めた。

北極星を表す「北」と「辰」。柄杓《ひしゃく》、すなわち北斗七星を表す「斗」。「雷」と、書斎を表す「斎」に、寛政の「政」。それらを一文字ずつ指し示しながら、

「いいか。寛政の今日、北辰と斗の化身である妙見様にお参りし、雷に遭って斎を興した。だから『北斎辰政雷斗』だ。どうだ、これぐらい仰々しい方が、俺らしくっていいだろう？」

「鉄蔵は？」

お栄が不思議そうに聞いた。突然父親の名前が変わると言われても、理解できないのだ。

この春奉公に出た前妻の娘のお鉄は、父親を「鉄蔵」と呼び捨てにしていた。義母のこと女への対抗心だろうが、お鉄がそう呼ぶので、お栄も、めったに自分から声をかけることはないが、ごくたまに宗理を呼ぶ時は「鉄蔵」と呼んでいる。

母からは「お前は『お父っつぁん』と呼びなさい」と叱られたが、お栄にとっての『お父っつぁん』は、酔って川に落ちて死んだ前の父親のことなので混乱し、呼吸を乱し始めた。見かねた宗理が「鉄蔵でいい」と言ったので、新しい父親は「鉄蔵」になった。

「鉄蔵は本名だからそのまんまだ。絵を描く時の『宗理』って名前を『北斎』に変えるんだよ」

「ほくさい……?」

「そうだ。俺は北斎流の総帥になるんだ」

宗理は早速『俵屋宗理』の号を、琳派の継承者で門人でもある琳斎宗二《りんさいそうじ》に譲り、三代目を名乗らせた。二年近く使った琳派の画号を、家元に返上したのである。

また、弟子を積極的に取り始めた。これまでは人に教える時間も惜しい、そんな暇があるなら己の画業を極めたいと考えていたのだが、お栄の絵を見てやる日々の中で、教えることで学ぶことが多々あると悟ったからだ。

北斎〈四十二歳〉享和《きょうわ》元年（一八〇一年）

『北斎辰政雷斗』に改名し、北斎流を興したものの、『雷斗』の名は早々に堤等琳の弟子の南《みなみ》沢等明《さわとうめい》に譲って『北斎辰政』になり、その後も『辰政』『不染居《ふせんきょ》北斎』『画狂人《がきょうじん》』『可候《かこう》』など、様々に画号を変えた。その都度、それまで使っていた名を弟子に譲り、新たな組み合わせで画号を作った。通常は、売れた画号を変えたりはしないものだが、

――誰にも負けねぇ絵を描いてりゃ、画号なんざなんでもかまわねぇ。俺が描けばそれが北斎流だ。

そう考えるに至った経緯には、事実上はとっくに返上すべきであった『勝川春朗』の画号に、長々としがみついていた己への戒めがあった。

「人気の『宗理風美人』で大首絵というのはいかがでしょう？　それも一人ではなく、二人ずつだと華やかで、売れると思うのですが……」

そう依頼してきたのは、蔦重亡き後、二代目・蔦屋重三郎を継いだ元・番頭の勇助だった。北斎流を立ち上げていた北斎は、『宗理風美人』と聞いてやや渋い顔を見せたが、初代に散々世話になった手前、二代目の依頼を無下に断ることができなかった。実際、初代ほどの才覚のない二代目は、北斎より年下で頼りなく、傾いてゆく身代を守るのに必死の様子であった

からだ。

「それなら、娘っ子がついやってしまう癖と、人気のギヤマン製品をかけた揃物《そろいもの》にしやせんか？」

ただの美人画では面白くない。せっかくなら、描きたいという意欲が湧くものにしたい。

「どういう意味でしょうか？」

こういう時、初代の蔦重ならすぐピンときて話に乗ってくるのだが、発想力の乏しい二代目ではそうはいかない。

「あっしの川柳の中に『皮切りといふ面《つら》で見る遠眼鏡』って一句がありやす」

〝皮切り〟とは、お灸のことである。

「ああ。確かに遠眼鏡で物を見るときは、ついついお灸を据えられた時のようなしかめ面になりますね」

実際に北斎が、お鉄とお栄に遠眼鏡を見せた時の様子を詠《よ》んだ句だ。

「そういう娘っ子の癖を描くんでさぁ」

「はぁ……。他には？　どんな絵柄が浮かびますか？」

「娘っ子が手鏡で、歯に紅が付いていないか確かめる時の、いーっと前歯をつき出した口の形。ありゃあまるで、鬼灯《ほおずき》を鳴らす時の口の形とおんなじだ」

「なるほど、手鏡と鬼灯ですか」

「あとは……そうですな。ギヤマンのグラスで何かを飲む時は寄り目になる、とか」

どんどん発想が湧いてくる。

「面白いですね」

「『風流無くてな、くせ』ってぇ題目はどうでやす？　七癖にちなんで、七枚の揃物で」

「いいですね」

二代目にもようやく意図が伝わったようだ。

「それと、宗理風美人で出すんなら、画号は俳号の『可候』を使わせていただきやす。宗理の名は本家に返上しやしたんで」

『可候《かこう》』は「可候《べくそうろう》」を音読みにしたもので、「……したいと思う」「……だろう」という意味だが、北斎は「候可候《そろべくそろ》」を匂わせて俳号にした。つまり、「成り行きまかせ」という意味である。

『『北斎』では駄目なのですか？　挿絵が人気で、すでに『宗理』の名を超えているではありませんか」

「いや、昔の画風の依頼に、北斎の名は使いたくありやせん。ありゃあもっと、凄みのある北斎流の絵を描く時に使いてぇ」

「それはまあ、絵を見れば北斎先生が描いたことは一目瞭然ですので構いませんが……」

「じゃ、そういうこって」

遠眼鏡や測量器具といった道具が北斎は好きであった。雲や水などの、流動的で形の定まらないものに夢中になるのと同じように、寸分の歪みなくきっちりと造られた道具に憧れもする。

それらは形を描く手助けにもなるからだ。

万物を描くために、新しい道具はどんどん取り入れたい。そして新しい試みをいくらでも試したい。

『風流無くてな、くせ』の一作目『遠眼鏡』は、遠眼鏡を覗くのに夢中になり、しかめっ面になる娘を、日傘をさして揚帽子《あげぼうし》を被った母親がたしなめている図で、すぐに発売され、そこそこの評判を取った。

だが、一作とはいえ義理を果たしてしまうと、北斎は以前の画風の揃物の続きより、北斎流の新しい絵を描くことを優先し始めた。本所林町《はやしちょう》に二階建ての新居を新築し、二階にお栄と住んで、一階を仕事場にし、弟子を五、六人通わせた。

二作目の『ほおずき』が売り出されたのはその数ヵ月後で、七枚全てが刊行されるまでに、実に四年もの歳月を費やしたのである。

第四章

お栄　文化九年（一八一二年）〈北斎・五十三歳〉

長じてからも、お栄の性質は変わらなかった。うっかり者で、料理をさせれば怪我が絶えないし、

「おーい、秋刀魚《さんま》を焼いてるから見ててくれ」

などと頼むと、七輪の前に屈み込み、焼け焦げて炭になるのをじっと見ているような娘だった。そのくせ絵を描く時や、絵具の調合などでは非常に細やかな作業を苦もなくやる。

二十二歳にもなって、お栄のこの相変わらずの極端さは何ゆえなのだろうと、ずっと見守りながら考えていたが、ようやく思い当たったのが『関心』であった。

お栄は関心のあることは、誰よりも熱心で器用にこなすが、興味のないことに関しては頭の線が切れるのだ。だから、新しいことを頼むと前に頼んだことを忘れるし、命じたことを、言われた通りにしかやらない。ことばの先や裏にある意味を理解せず、興味のない人間の顔は覚

えないし、愛想よく振舞うこともしない。それらは全て、お栄にとってはどうでもいいことだから……。

日々の生活は難なく送れるが、忘れっぽい、がさつ、色気がないなど、およそ女としての魅力に欠けている。昔から大切に扱われなかったのは、そういった性質に原因がある。

……だがしかし、お栄の描く絵は、魂が震えるほど素晴らしい。

北斎はよく、天才絵師などと称されるが、本物の天才はお栄である。

北斎は見て、描いて、構想して……を繰り返し、研鑽を重ねて今の画業を成し遂げたが、お栄はいとも簡単に物の神髄を捉え、光と影を捉え、誰にも真似できない色を作り出しては苦もなく描き上げてしまう。

他の流派同様、北斎の弟子たちも、一本立ちするまでは師匠の絵を手伝うのが通例である。例えば北斎が人物を描き、弟子が背景や着物の柄を描く、といったようにだ。そうして腕を上げてゆき、やがて自分の画号で絵を任せられるようになってゆく。

お栄の場合は、とっくに一本立ちできる腕を持ちながら、本人には全く欲がなく、自分の名で絵を発表することに執着がないため、何の迷いもなく淡々と北斎の代筆を行っている。それも人と分業することが苦手で、版下絵を一枚丸々手がけたり、肉筆画を一人で描いたりして、最後に北斎自身が画号を書き入れて完成となる。これはもうお栄の作品なのだが、北斎の名で出した方が格段に画料がいいのでそうしている。

だが、あまりに出来のいいものに関しては、画料が下がるのを承知で『葛飾応為《かつしかおうい》』の名を入れさせた。

『葛飾応為』とは、北斎がお栄に与えた画号である。呼び名を色々と変えると、お栄は混乱する。いつしか「お栄」と呼んでいたものが「おーい」と略して呼ぶようになり、それに当て字をつけてそのまま画号にした。

頑強なつもりでも、自分はあと何年生きられるかわからない。死んだ後のお栄のよすがを思うと、わずかでも世の中に、葛飾応為の足跡を残しておかねばと考えた。


お栄が十九歳の時、北斎はお栄を嫁に出した。

相手は、北斎がかつて弟子入りした堤等琳の門人で、『雷斗』の名を譲った南沢等明という絵師であった。

等明は北斎に心酔しており、

「是非、先生の娘さんを私にください」

と懇願された。

どこの物好きかと疑ったが、等琳の勧めもあり、お栄も女と生まれたからには、妻となって子を成すことが本懐かと思って許した。ただし、お栄には絵師の仕事があるため、作画に障りがないように、炊事、洗濯、針仕事などは一切させないよう等明に申しつけた。

炊事をすれば火傷や切り傷が絶えず、洗濯をすれば洗濯板で指をすりむいたり、ひどいあかぎれを作ったりする。あれだけ迷いなく、細かな線を引ける娘が、なぜ不器用なのか不可思議きわまりないが、これも家事に『関心』がないせいなのだろう。

■

「鉄蔵。どうだい、いい青だろう」

お栄が、瑠璃《るり》を砕いて乳鉢《にゅうばち》で擂《す》り潰した顔料絵具を見せに来た。錦絵などの摺物に使う染料絵具と違い、肉筆画は退色しないよう、鉱石を砕いた絵具が使われる。

「今度の長崎屋《ながさきや》の巻物に使えると思ってさ」

時々、長崎の出島で宿屋を経営する、長崎屋の江戸店《えどだな》を通して、オランダ人から絵巻物の依頼が来る。大概は江戸の風俗や風景画の依頼である。江戸に数多《あまた》ある川を描くのに、発色の良い青の絵具は不可欠だった。

長崎屋との付き合いは、そもそもは北斎が、オランダの銅版画が欲しくて、輸入元の店を訪ねたのがきっかけだった。

同じ版画でも、木版画と銅版画では、仕組みが全く逆である。木版画は、版木を彫っていない部分に絵具を乗せて摺る凸版《とっぱん》印刷だが、銅版画は、銅板を削った溝にインクを詰めて摺る凹《おう》版《はん》印刷である。その工程の違いも面白ければ、絵が浮き出て見える立体感を出す画法も、北斎にとっては新鮮だった。

長崎屋に銅版画を買いに行っては話し込み、懇意になるうちに、長崎屋の方から絵の依頼を受けるようになったのだ。

長崎屋から「肉筆の枕絵を」と打診があったのは、ちょうどお栄が嫁に行って一年ほど経った頃だ。

それまでは、年頃の娘がいる仕事場で、枕絵を描くというのは憚《はばか》られたが、今ならお栄も人の妻。お栄が仕事を終えて、南沢家に帰った後に枕絵にかかる分には、目に触れることもないだろう。高額な報酬に食指が動いたこともあるが、オランダ人向けの肉筆画をこっそり描くだけなら、お上に見つかることもあるまい、と引き受けた。

ところが、である。人と人との絡みを描くのが、こんなに難しいものだとは思わなかった。

北斎が勝川派に入門して三年目に、所帯を持つための金が欲しさに描いた好色本は、若気の至りで、深く考えもせずに他人の絵を敷き写した。だが改めて枕絵に向き合ってみると、頭の中で二人の人間を組み合わせても、なかなかうまく構図が取れない。

これまでの絵師たちはどうしていたのだろうかと興味が湧き、枕絵をたくさん収集しているという浮世絵師の渓斎英泉《けいさいえいせん》を呼びつけ、人気の高い枕絵を持って来させた。

英泉は北斎を崇拝しており、今の仕事場を建てた頃から、しばしば顔を出すようになっていた。

「見ねえ。どいつもこいつも身体の造りがいい加減。着物で誤摩化しちゃあいるが、脱がせりゃ手足がバラバラだ」

枕絵を繰りつつ、北斎が嘆いた。

「でも師匠、枕絵ってのはこういうもんじゃねえんですかい。何せ、魔羅《まら》も開《ぼぼ》も大きく描かなきゃなんねえし、人の顔も見せなきゃなんねえ」

「それだって、一見わからねえぐれえにはできるだろう」

言いつつ北斎は手を止めた。現れた枕絵が、故・勝川春章のものだったからである。

——師匠も苦労しなすったんだ。

背骨と腰がつながらず、足が極端に短い。美人画の名手であってもこのざまだ。

「おめえの描いたの、見せてみろ」

北斎がにゅっと手を伸ばした。美人画で売り出し中の英泉は、

「俺は枕絵で、歌麿を超える絵師になる」

と豪語していた。ずいぶんと描き溜めていると聞いている。

「いや、師匠、あっしのは……」

鳥居清長や喜多川歌麿といった、一世を風靡《ふうび》した大絵師たちの枕絵さえけなす北斎相手に、ためらいを見せた。

「いいから早く出せ。下手なのは承知の上だ」

不承不承、英泉が取り出した枕絵を、北斎は笑うでもなくじっくりと眺めた。

「…………」

「あの、師匠……」

あんまり熱心に目を凝らしているので、英泉が不安に駆られた時、

「妙なことに、悪くはねえんだよな」

溜息をつきつつ北斎がつぶやいた。

「本当ですかい？」

「ああ」

英泉はホッと息を吐き出した。

「下手なのはこの中の誰より下手だよ。……けど、その下手なところが、おめえの場合は味になってる。女の顔の、左右がやや違う方が色っぽいように、崩れ具合が色気につながってんだろうな」

北斎は得心したようにうなずいた。

「なんだか褒められている気はしねえけど……」

「おめえが描く、猪《いのしし》みてえな美人画よかよっぽどいいや」

カカ……と声を上げて北斎が笑った。

「ともあれ、行くしかねえな」

「どこへ？」

英泉が聞いた。

「本物見るよりしょうがねえだろ。おめえの顔の利く見世《みせ》、案内しろい」

二人は浅草寺《せんそうじ》の北にある、吉原遊廓に向かった。

英泉の馴染みの、半籬《はんまがき》の中見世に連れて来られた北斎は、先に遊女の部屋に通され、英泉が戻って来るのを待っていた。

「へへっ、取り引き成立。倍の揚げ代で折れやした」

英泉がしたり顔で部屋に入ってきた。

「おめえのコレか？」

北斎が小指を立てると、

「まあ……」

英泉が鼻を鳴らした。

「おめえたちが像主ってことで、いいんだよな」

「ええ、面白がってやしたから」

人ごとのように言った。

——こいつも妙な野郎だな。

北斎が聞いたのは遊女の心情ではない。英泉の……元は武士であった、池田善次郎《いけだぜんじろう》という男の胸の内だ。上役との喧嘩沙汰で罷免されたと聞いているが、人前で情事を晒すことに、抵抗はないのだろうか。

「待たせんしたな」

襖の向こうから声がかかり、胴抜《どうぬ》き姿の遊女が部屋にしずしずと入って来て、夜具の上に座って三つ指をついた。

「北斎先生。お初にお目にかかりんす。三千歳《みちとせ》と申しんす。よろしゅうお頼み申しんす」

「おう。よろしくな」

――なかなか、いい趣味じゃねえか。

色白でうりざね顔、ほっそりした遊女は、どこか北斎が描く女に似ていて、先妻の蕗を思い起こさせた。

「どうです。宗理風の美人でしょう」

北斎の心を読んだのか、英泉が自慢げに言った。

英泉は、借りて来た燭台を夜具の周りに立てて、ろうそくを灯した。

その間北斎は丁寧に墨を磨り、束ねた紙を畳の上に置いて、筆を構えた。

「よし、始めろ」

英泉が三千歳に覆い被さると、遊女はフフ……と含み笑いをして、下から英泉の首に両手を回した。

三千歳の喘ぎに合わせて、膝立ちになった英泉は腰を打ち付け、時に尻で弧を描く。三千歳の両足は、しっかりと英泉の腰に巻き付いている。

北斎の目は、ろうそくの炎を反射してギラギラと光っていた。口に面相筆を咥《くわ》えて、二人の肢体を次々に写し取ってゆく。その周りに、描き終えた紙が散乱していた。

腰の回りの血が、一点に集中しているのがわかる。昴ぶりが北斎の意気を高め、気力を増大させている。頭がカッカと熱い。

英泉も三千歳も、北斎に見られ、描かれていることに興が乗るらしく、さまざまに手を変えて、これでもかと見せつけてくる。後懸《うしろがかり》で身体をつなげたまま、英泉は三千歳の腹に手を回して抱え起こした。北斎の正面に座らせると、

「それ、ご開帳ー！」

両手で三千歳の膝裏をつかみ、ぐっと左右に広げた。

「いや……！」

三千歳は眉間に皺を寄せて顔を背けたが、開かれた両脚を閉じようとはしない。あぐらをかいた英泉の上に座する形で、結合部が丸見えになった。

北斎は、持っていた筆を面相筆に持ち替え、息がかかるぐらい顔を近づけると、隠毛や浮き出た血管までも丹念に写し始めた。恥ずかしさに、三千歳の子壺がヒクヒクと痙攣する。英泉は時々下から突き上げて、三千歳が興醒めしないように気遣った。

結合部を写した北斎は、

「開《ぼぼ》だけ写すから、魔羅ぁ抜いてくれ」

英泉に命じた。英泉は三千歳の尻を持ち上げ、ズルリと男根を抜いた。

「あんっ……」

「よし、いいぞ。もっと尻を持ち上げろ」

英泉は三千歳の両膝を抱えながら、身体を背後に倒した。英泉の太腿の上に、三千歳の尻が乗る形になり、菊座までが丸見えになった。今まで英泉のものが入っていた場所が、だらしなく口を開けている。

北斎は、開《つび》を写し終えて筆と紙を脇に置くと、己の人差し指を口中に含ませた。たっぷりと唾をつけ、三千歳のさねを突ついた。

「ヒイッ」

子壺がキュッと締まり、三千歳の尻が弾んだ。

――生きてやがる。貝とおんなじだ。

どんな表情をしているのだろうと北斎が伸び上がると、三千歳はぐったりと頭を英泉の喉元に預け、顔を上気させてハァハァと荒い息を吐いている。その表情を丹念に写し取っていると、三千歳がうっすらと潤んだ目を向けて、北斎を誘った。

もはや抑えが利かなくなり、北斎は自らの下帯を外した。満たされる予感に、三千歳の顔が恍惚となった。北斎は紙と筆を拾い上げるや、熱《いき》り立った魔羅を子壺に突き立てた。

「んんっ……」

三千歳の鼻から声が漏れた。北斎は右手に紙と筆を持ったまま、夜具の上に両手をつき、激しく腰を叩きつけ始めた。握った紙がグシャリと折れたが構わなかった。

「し、師匠……重い……」

三千歳と北斎の下敷きにされ、英泉が呻いた。

「うるせえ！　おめえも早く描け！」

「へいっ」

英泉は三千歳の身体の下から這い出し、北斎がいた場所に陣取って画帖を広げた。北斎は北斎で、快楽と共に満ちてくる昂ぶりに、叫び出しそうだった。

――これだ。こういう猛りを、俺は描きてえんだ。

北斎は膝立ちになり、三千歳の両足を己の肩にかけると、子壺を穿《うが》ちながら女の表情を写し始めた。三千歳は眉根を寄せつつ、唇は半開きになり、悦楽の荒波に耐えている。

「いいぞ！　その顔だ！」

三千歳が、薄目を開けて北斎を見た。途端に恐怖の色が宿ったのを、北斎は見逃さなかった。

――取って食うとでも思ったか。

嬉々とした表情で、北斎は筆を動かしていた。

――いいぜ、骨までしゃぶり尽くしてやる。

獲物をいたぶる獣の目だった。

もはや線などグシャグシャで、筆先は潰れ、墨は掠《かす》れ、なぐり描き同然の代物であったが、己の中の歓喜と狂気がその絵には宿っている。

美しい絵など後でいくらでも清書できる。今はこの劣情を紙に封じ込め、いつでも思い返せるようにできればいいのだ。

北斎の肉筆枕絵巻物は、長崎屋を通して注文が相次いだ。最初に依頼した出島のオランダ人が、匂い立つような出来映えの良さに感激し、周囲に自慢して見せたところ、我も我もと乞われるようになったのだ。

北斎は先の興奮が忘れられず、英泉の案内で、時々遊廓や岡場所に出向くようになった。思い返してみれば、こと女と再婚して以降、北斎はほとんど女遊びをしてこなかった。仕事場に住み込むようになって、こと女と別居してからは禁欲同然の生活だった。お栄がいたから控えたのだ。

子供の頃、お栄が実の父親から折檻《せっかん》されていたことを知り、守ってやると決めたあの日から、お栄は北斎の側を離れなくなった。湯屋にも北斎が連れて行ったし、枕を並べて一緒に寝た。たまに版元の接待で吉原に行くことがあったが、遊女と過ごすと香りでお栄が気づくので、馳走だけいただいて帰ってくるようにしていた。

お栄を嫁に出した後に枕絵の依頼が来るようになったのは、必然的な巡り合わせのように思えた。鬼の居ぬ間に……ではないが、北斎を抑制する者がいなくなり、清々したと同時に、娘が人のものになってしまったという、妬心《としん》を含んだ喪失感もあった。

独り寝の夜の寂しさを紛らわすように、北斎は枕絵にのめり込んでいった。

「師匠、あっしと組んで、ワ印をやりやせんか？」

仕事場に入ってくるなり英泉が意気込んだ。オランダ人向けの一枚ものの肉筆画ではなく、日本人向けに木版画の枕絵を手掛けようというのである。

「オランダさんの注文も一息ついたこったし、描きためた下絵が山ほどあるってことを、ちいと版元の耳に入れたら、是非にって話で……」

「ワ印っておめえ、そんなもんに手ェ出して、でぇじょぶなのか？」

木版画で摺るとなると、百から二百冊単位で世の中に出回ることになる。お上に見つかる可能性も、百倍から二百倍……いや、国内で出回ることを考えるとそれ以上だ。

北斎は勝川派に籍を置いていた二十三歳の時、妻帯するための金欲しさに『笑本股庫嘉里嫁志』という艶本を「勝 春朗」名義で描いたことがある。その頃は老中・田沼意次の治世で取り締まりもゆるく、兄弟子の春好からこっぴどく叱られ、一作描いただけに止まった。

その約十年後、老中が松平定信に代わり、『寛政の改革』が推し進められた最中には、読本の挿絵がいかがわしいという理由で処罰寸前までいったことがある。蔦重が身代半減の憂き目に遭ったのもこの頃である。

また、それから十三年を経た文化元年（一八〇四年）には、美人画で名を馳せた喜多川歌麿が、入牢の上、手鎖五十日の刑を受けた。

『太閤《たいこう》五《ご》妻《さい》洛東《らくとう》遊観《ゆうかん》之《の》図《ず》』という、太閤秀吉が妻妾《さいしょう》と共に花見をしているだけの、枕絵でもなんでもない三枚続きの錦絵であったが、幕府がらみの絵を描いたというのが罰せられた理由で、これを聞いた万人が、お上のいいがかり、あるいは見せしめだと噂した。

歌麿はそれまでに、蔦重と組んで、ご禁制の枕絵を数作手がけていたばかりか、幕府の禁令に対抗してきた。

煮湯《にえゆ》を飲まされ続けた幕府は、歌麿が蔦屋から離れた後も、虎視眈々《こしたんたん》と尻尾を摑む機会を窺っており、他の絵師が描いたのであれば何ら問題にならないはずの図案で検挙されたのだ。ご丁寧に、極印《きわめいん》を捺してこの絵に出版許可を与えた、名主の首まですげ替えた。

歌麿はこの時の心労がたたって病で伏せるようになり、解放されてわずか二年後、五十四歳で亡くなった。死期を察した版元たちから、生きているうちにと多数の依頼が寄せられ、夥《おびただ》しい版下絵の中でこと切れていたという。

「豊國だって、あん時の手鎖に懲りて、ワ印は二度と描かないし、弟子にも描かせねえってぇ話じゃねえか」

歌麿と同時に、歌川派の総帥・歌川豊國もまた『明智本能寺を囲む処』を描いた咎で手鎖五十日の刑を受けていた。今や門人にも恵まれ、飛ぶ鳥を落とす勢いの歌川派だが、二度とあのような目には遭いたくないと、豊國は弟子たちにも枕絵を描くことを固く禁じている。

一心不乱に絵を探求し続けてきた北斎は、呼吸をするがごとく絵を描いて来た。歌麿や豊國が受けた手鎖の刑は、己にはとても耐えられそうもない。手の動きを封じられるというのは、息を止められるのと同じことで、盲《めしい》になることの次に恐怖を感じる。その懸念もあって、北斎は眉を曇らせたのだが……。

「だからこそ、今が好機ってもんじゃねえですか。あれからもう七年も経ってんだ。お上の締め付けがゆるみ、ワ印が息を吹き返してるってぇのに、描き手が足りねえ。そこへ持ってきて、師匠ほどの絵師が描くとなりゃあ……。出せば売れるってことがわかってて、手をこまねいて見てるってことはねえや」

「そんなもんかねぇ」

「なぁに、隠号《いんごう》で出しゃあバレっこねえですって。歌麿は矜持が強すぎて、てめえが描いたってぇ手掛《てが》かりを絵の中に残すからバレたんだ。版元だって、てめえの身代がかかってんだから、下手ぁ打つようなことはしやせんぜ」

「……………」

「それに今、師匠が『うん』と言ってくれりゃあ、北斎一門の一人勝ちだ。五渡亭《ごとてい》なんて、ワ印をしこたま集めてるってぇ噂です。口には出さねえが、やりたくってうずうずしてるに違いねえ」

「國貞《くにさだ》が？」

北斎の食指が動いた。

歌川國貞は歌川豊國の高弟であり、美人画の名手として、その人気は今や師を凌ぐ勢いである。生まれが、本所の竪川《たてかわ》の五ツ目に渡し船の株を持つ材木問屋だったため、狂歌師の〝蜀山人《しょくさんじん》〟こと大田南畝《おおたなんぽ》が五渡亭の号を授けた。つまり、育ちが良く、贔屓筋にも恵まれているというわけだ。

五年前の正月、下谷車坂《したやくるまざか》にある伽羅油屋四郎兵衛《きゃらゆやしろべえ》の依頼で、曲亭馬琴が書いた『不老門化粧若水《おいせぬかどけせうのわかみず》』という袋入りの景物本《けいぶつぼん》（付録本）の挿絵で世に出て以降、ここ数年は式亭三馬《しきていさんば》や山東京伝といった、大物戯作者の仕事を次々とこなしている。

それらは腹立たしいことに、北斎が五年ほど前に馬琴宅に住み込み、侃々諤々《かんかんがくがく》と大喧嘩してまで手がけた『新累解脱物語《しんかさねげだつものがたり》』や『椿説弓張月《ちんせつゆみはりづき》』の挿絵と同等の評判を取っていた。無論、國貞には何の罪もないのだが、北斎は親子ほども年の違う相手を一方的に敵視していた。

読本の挿絵は通常、戯作者が指示を出し、時には下絵まで描く。絵師は言われた通りの挿絵を描いていればいいのだが、それでは北斎の自負が許さない。本の内容は読み込んでいるのだから、餅は餅屋に任せておけばうまく料理してやるものを、馬琴などは、下絵と違うものをあげると激怒する。

個と個がぶつかり合い、相手を降参させてやろうと切磋琢磨し、血の滲むような思いで描いた挿絵と、あの小器用な若造が、戯作者に言われるがまま差し障りなく描いた挿絵を一緒にするなと、版元や世間をどやしてやりたい。そして國貞には、「おめえには絵師としての誇りがねえのか？」と問い質したくなる。

目上の人間を敬っているといえばそれまでだが、折り目正しく「万事心得ております」というそつのない態度が、我を通す不器用な人間の生き様を、心中で小馬鹿にしているように思えて気に食わないのだ。

「あっしが草稿と筆耕を書きやすから、師匠は絵を。五渡亭の鼻を明かしてやりましょうや」

英泉が再び誘った。

國貞を悔しがらせることには興味がある。あの男はそんな感情を、おくびにも出さないだろうが。

それに達筆で、戯作も書ける英泉と組むのなら、手っ取り早いし気心も知れている。ただ一つ気がかりなのは……。

「けど俺は、今の仕事が一段落ついたら、名古屋《なごや》に行くことになっている」

五年前に初めて木更津《きさらづ》方面に旅して以降、またぞろ旅心が疼《うず》いていた。幸いなことに、現在は名古屋に住んでいる門人の月光亭墨仙《げっこうていぼくせん》が、北斎を招いてくれている。

「どうぞどうぞ、行ってらっしゃいやし。師匠が留守の間は、下絵をあっしに預けてくださりゃあ、絵も師匠の隠号の『紫色雁高《ししきがんこう》』を使って、ちゃちゃっと描いときやす」

この浮わつき加減が気になるところではあるが、旅は銭を食うだけに、割のいい仕事にありつけるのはありがたかった。


名古屋を手始めに、大坂、紀伊《きい》、伊勢《いせ》をぐるりと巡り、再び名古屋での長逗留《ながとうりゅう》を終え、三百枚以上の版本の下絵を描いて戻って来た北斎は、五年前に新築した仕事場に足を踏み入れて驚いた。お栄が平然と、枕絵を描いていたのである。

「お、おめえ、ここで何してる?」

狼狽《ろうばい》を隠せず、北斎が尋ねた。聞いたのは枕絵を手がけている理由だったのだが、返って来た答えは意表をついた。

「離縁されたんで、戻って来た」

それがどうしたと言わんばかりに、お栄がぶっきらぼうに答えた。僅《わず》か三年でお栄は追い出されたことになる。

「なんだとぉぅ……」

お栄に理由を聞いても、

「あんまり等明の絵が下手なんで、『下手糞』って言ったら追い出された」

としか答えない。確かに、嘘のつけないお栄の言いそうなことだが、それだけで自分から嫁にと乞うた娘を、北斎に何の断わりもなく追い出すだろうか。せめて帰りを待って、詫びを入れてからではないのか。

——この俺も、舐められたもんだ。

北斎はひどく腹を立て、早速等明の屋敷に乗り込んだ。


「そうはおっしゃいますがね、お義父《とう》さん」

等明は、小さな身体をさらに丸め、額の汗を何度も拭いながら釈明した。

屋敷の玄関で暴れた北斎はようやくなだめすかされ、座敷に招き入れられたところであった。

「気安く『お義父さん』なんぞと呼ぶんじゃねえ！　……だいたいが、おめえの絵が下手なのは本当のことじゃねえか。下手糞を下手糞と言って何が悪い、この下手糞！」

北斎は唾を飛ばしながら罵った。

「そう下手下手言わないでくださいよ。傷つくじゃありませんか」

「へん！」

「あのですね、お義父……じゃなかった、北斎先生。私がお栄に三行半《みくだりはん》を書いたのは、そのことが原因ではないのでございます」

「ならなんなんだ」

北斎は等明を睨みつけた。

「確かに、お栄をもらう時、先生からは不器用で物忘れがひどく、愛想が悪いなどと、いろいろと但し書きをいただきました。ゆえに、ある程度の覚悟はしておりましたが、あれだけはどうも……」

「あれってのは？」

「このことを言うのがはばかられて、ご挨拶にも伺えなかった次第で……」

等明は落ち着きなく目を泳がせた。

「もったいつけてねえで、早く言いやがれ！」

「はい！　あの……、小便を……するのでございます」

等明は言ったとたん、顔を伏せた。

「そりゃあ置物じゃねえんだから、糞も小便もするだろうよ」

北斎は憮然《ぶぜん》と答えた。

等明は意を決したように北斎を見上げた。

「いえ、そうではなくて……。実はお栄は……、あの最中にわざと、小便をしたのでございますよ」

後半は早口で言い切った。

「あの最中って……まさか」

北斎の目が見開かれた。

「そのまさかでございます。お栄が生娘だっていうのも、先生から聞いておりましたから、そりゃあ丁重に破瓜《はか》をさせていただきました」

刹那《せつな》、北斎の口中に苦いものが広がった。

「最初はお栄も、わけもわからずされるがままになっていたのでございますが、何度か身体を重ねるうちに、同衾《どうきん》するのを嫌がるようになりました」

「……」

「とは申せ、お栄には家事を一切させませんでした。すれば必ず怪我をするから、絵師の仕事ができなくなる、との先生のお言い付けでございましたので……」

「ああそうだ」

「一切の家事をせず、夫婦の営みまで拒まれたのでは、なんのために一緒になったのかわかりません。私はどうしても子供が欲しかったものでございますから、何度か拒まれるうちに腹に据えかねて、押さえつけてでもしようと致しました。すると、バシャーっと……」

「小便を……」

北斎の目が泳いだ。

「はい。……干した布団が乾く間もなしで駄目にしてしまいました。それを叱ると、布団代だと言って金を寄越すのでございます」

「金？　なんであいつがそんな金、持ってんだ？」

「芥子《けし》人形でございますよ。先生の仕事場から帰ると、何もすることがないものですから、夜更けまで熱心に細かな人形を作って、朝、境内《けいだい》に売りにゆくのでございます。それはもう、見事な細工で。あれで不器用などとは、到底信じられません」

「そういう質《たち》なんだ」

「いずれにせよ、そこまで嫌われたなら、もう夫婦《めおと》ではいられません。……にしても、他にやりようはあるでしょうに、何もあんな……」

「……そりゃあまあ、すまなかったな」

北斎はボソリとつぶやいた。

「ご納得いただければ幸甚でございます」

「わかった。どうかこのことは内密にな」

「心得ております。私としましても、北斎先生の血を引く子供は、是が非でも欲しかったのでございますが。残念でなりません」

等明は深々と頭を下げた。

「それが、伝わったんじゃねえのかい」

北斎の声が険を帯びた。

「……と、申しますと」

「おめえが、あいつには一切関心がねえってことがだよ」

吐き捨てるように言って、北斎は足早に屋敷を後にした。


——聞いてやがったのか。

ずいぶん前のことだが、妾奉公《めかけぼうこう》をしている女を、美人画の像主にと乞うたことがある。写生を続けるうち、女が黙ってじっとしているのに飽きたのか、何かと話しかけてくるようになった。応じていると、だんだん打ち解けてきて、身の上話をし始めた。

「茶屋で働いているのを旦那に見初められたんですがね、悋気《りんき》持ちで疑い深い上に、あれがしつこくて、もういっそ我慢がならないんですよ」

と、愚痴をこぼした。

「他からも引き合いがあって、そっちの旦那の方が羽振りも男っぷりもいいんで、早いとこ鞍替えしたいのだけれど、年季が明けるまで、まだ半年以上もあって。……ねえ先生、どうやったら向こうから、愛想尽かしてもらえるんでしょうかねぇ。何かいい方法があったら、教えてくださいな」

そう尋ねられて、授けた知恵が寝小便だった。

「旦那が泊まって行った日は、こっそり寝小便してやんな。なんべんも小便の海で目覚めさせられてみろ、いくら執着があっても、愛想が尽きるってもんよ。しかも、おめえさんは旦那を裏切っちゃいねえんだから、病にかかったのと一緒で、『金返せ』ってことにはならないだろうよ」

あの時、お栄は黙って隣で墨をすってくれていたが、『厭な相手と同衾する時は、小便をすれば別れてもらえる』という悪知恵が、しっかりと記憶されていたに違いない。

——可哀想になぁ。そんなに等明が厭だったか。

それはそうだろう。好かれてもいない相手を、お栄が好きになるはずがない。それでも、一度決めたことは守ろうとするお栄は、自分から離縁を言い出すことができず、寝る前にたっぷりと水を飲んで、その時に備えていたのだろう。

お栄の行動が逐一理解できるだけに、不憫《ふびん》でならなかった。

——等明の大間抜けが。お栄に子を生ませたところで、俺の血は一滴も入っちゃいねえや。

だがしかし、このことは周囲には話していない。実の娘と思わせた方が、堂々とお栄を守ってやれるからだ。お栄の奇矯な性質も、北斎の血が入っていると思われているから、尊敬が勝って許されるのだ。

川べりを腕組みして歩いていた北斎は、立ち止まって空を見上げた。周囲に誰もいないのを確かめると、夕焼け空を飛んで行く烏《からす》に向かい、

「惜しかったな、等明！　俺よりお栄の血を引く方が、よっぽどすげえ絵師が生まれたのによ

お！」

負け惜しみだとわかってはいても、北斎はうそぶくしかなかった。

お栄が戻って来ていたため、北斎は、新居に住み込んでいた弟子を追い出して通いにし、お栄と二人で暮らし始めた。

お鉄はすでに嫁いでおり、妻のこと女と、北斎との間に生まれたお栄の妹のお猶《なお》が暮らす家は別にあるのだが、北斎は仕事場に棲《す》みつき、お栄も嫁に行く前はずっと北斎と一緒だった。正直なところ、家事ができないお栄と暮らすより、身の回りのことを甲斐甲斐しく世話してくれる弟子と暮らす方が、食事や着る物に困ることはなくて楽だったが、おそらく三人で暮らしたとしたら、弟子が暇乞《いとまご》いをすることになるだろう。

それほど、お栄と暮らすのは難しかった。

こだわりが強すぎて、納得できないことはやらない。決まり事は外せない。例えば弟子が、「姐《ねえ》さん。今日は客が来るから、今のうちに食事を済ませてくださいな」

などと言っても、お栄は決まった時刻にならないと、頑として箸をつけない。自分が好きなことは、人の迷惑を顧みず、いつまでも話し続けるが、興味のない人の話は馬耳東風と聞き流す。相手が話している最中に、寝こけてしまうこともある。洒落や地口《じぐち》は大嫌いで、「それのどこが面白いんだい」とにべもない。北斎以外の人間が、お栄の持ち物を誤って使おうものなら、癇癪《かんしゃく》を起こして怒り狂う。

北斎はお栄の性質を十二分にわかっているので、空気のごとくそばにいられるが、他人はそうはいかない。今更ながらに、よくもこんな娘を嫁に出したものだと胆《きも》が冷える思いだが、人の妻になることで、さらに言えば男に抱かれることで、お栄の中の何かが変わることを期待してもいた。

北斎は、お栄の全てだ。

人が何をしていようが、どう思おうが、思われようが気にしないお栄だが、北斎の心だけはピタリと読む。いらついている時は近寄らないし、悔しい、悲しい気持ちの時は寄り添ってくれている。それはつまり、北斎に対して『関心』があるからだ。

さりとて、北斎がお栄の生涯を見届けてやれるわけではない。まず順当にゆけば、三十も上の自分が先に死ぬだろう。そうなった時に、お栄は生きてゆけないのではないか……。

その恐れがあるため、お栄が夫となる男に関心を持ってくれればと願った。たとえ夫に興味が持てなくても、子供ができれば、あるいは……と。

だがそれも、自分のように、相手がお栄を愛してこその話だ。

陽光がまともに顔に当たり、眩しさに北斎が目を覚ましたのは昼過ぎだった。

昨日は旅から帰るなり等明宅に怒鳴り込み、色々と采配した後、すぐに溜まった疲れで眠り込んでしまった。

ぼんやりした頭で階下に降りて行ったところ、お栄と英泉が二人並んで枕絵の絵組の相談をしているのが目に入り、北斎は一気に目が覚めた。

――この野郎！　俺が何のためにに、お栄にひた隠しにしてたと思ってんだ！

北斎が留守の間に、英泉は『艶本多満佳津良《えほんたまかつら》』と『つひの雛形《ひながた》』という二作を、お栄に代筆させていたのだ。ついでにちゃっかりと、己の「千代田淫乱《ちよだいんらん》」の隠号で『絵本三世相《さんぜそう》』を出していた。

極端に人見知りのお栄だが、英泉とは仲がいい。英泉がお栄の画才を認め、一目置いているからだ。自分に敬意と興味を持って接してくれる相手を、お栄が嫌うわけがない。

また、誰とでも調子良く合わせられる英泉だけに、お栄の不器用さも受け入れて、うまく機嫌を取ってくれている。年は英泉が一ツ上だが、全く性質の違う二人だけに馬が合うのかも知れない。

「ちょっと待て。今、なんてった？」

聞くとはなしに二人の話が聞こえ、北斎は割って入った。

「何って……。大蛸小蛸《おおだこ》が海女《あま》を襲うって話ですかい？　勝川春潮が描いた題材だけど、あっしは気に入ってやしてね。いつかは扱ってみたいと……」

英泉が顔を上げた。

「俺が描く」

「へっ？」

「次の仕事は、俺がやるって言ったんだ」

「なんでまた、急に……」

「急にじゃねえ！　元はといやあ、俺が留守だからっておめえに任せたんだ。それを勝手にお栄に代筆させやがって。俺がこうやって帰って来てんだから、俺の本を俺が描くのが筋ってもんだろうが」

北斎は英泉の草稿を取り上げ、音読し始めた。すでに簡単な絵組まで指定してある。

『いつぞはいつぞはとねらいすましてゐた　かいがあつて　けうといふけう　とうとうとらまへたア　ても　むつくりとしたいいぼぼだ　いもよりは　なをこうぶつだ　サァサァ　すつてすつて　すいつくして　たんのふさせてから　いつそ　りうぐうへ　つれていつてかこつておこうス』。……なんだこりゃあ？」

「へへっ。馬鹿っぽくていいでしょう？」

北斎は続きを読んだが、息づかいと音と喘ぎ声ばかりで、なんら物語がない。

「こんなんでいいのか？」

「いいんですよ。絵が奇抜なんですから、書入れなんざ凝らねえほうが」

「奇抜ったって、蛸が海女を捕まえてるだけだろう。おめえが言ったとおり、世間様はまだ重政や春潮を覚えてるだろうよ。二番煎《せん》じ、三番煎じってのはどうもな」

北斎がお栄から仕事を取り上げたかったのには、三つの理由があった。

一つは、娘に枕絵を描いて欲しくないという親心。

二つ目は、英泉の頼みだから仕方なく引き受けたのだろうが、夫・等明との同衾を、わざと小便を垂れるほど嫌がったお栄なのだから、本当は枕絵など描きたくはないのではないかという懸念。

そして三つ目は、思いがけずかつての兄弟子、勝川春潮の名を聞いたからである。勝川派の総帥、春章が亡くなると同時に筆を折った春潮は、今頃どこでどうしているのか。きかん気だった弟弟子の活躍を、どのような思いで見ているのだろうか。

――俺が流派に内緒で枕絵に手を出した時、師匠に頼んで破門を止めてくれたのは兄さんだけだった。

その春潮が描いた、大蛸小蛸の趣向である。娘といえども、他人に任せたくはなかった。しかし……、

「鉄蔵、あたしも描くよ」

二人の成り行きを見守っていたお栄が、初めて口を開いた。

「おめえ……嫌じゃねえのか？」

北斎は疑いの目で聞いた。もはや生娘ではないとはいえ、あっけらかんとこんな絵が描けるものだろうか。

「どうして？　組んずほぐれつしてて、面白いじゃないか」

「そうですよ師匠。これ、見てくださいよ」

英泉は、お栄がすでに描き上げた下絵を見せた。

「……………」

「ね、なかなかのもんでしょう？」

確かに上手い。元々、女絵はお栄に叶わないのではないかと思っていたが、枕絵もどこか品があり、可憐だった。反故にするには惜しい絵だ。

北斎はしばらく考えてから言った。

「ならこうしようじゃねえか。次の艶本は俺が描く。……で、次の次からはお栄、おめえが描け。俺は長旅で描き溜めた下絵を、まとめなくちゃなんねえからな」

かくして、文化十一年（一八一四年）、艶本『喜能会之故真通《きのえのこまつ》』全三巻が刊行された。

半紙版の見開き一図で一話完結の濡れ場が描かれており、背景には英泉の手による詞書《ことばがき》（ト書き）と書入れ（台詞《せりふ》）が入っている。北斎が描いたのは、扉絵を含めて合計二十七図。中でも、強烈な印象で見るものを刺激する「海女と蛸の図」は、世界一有名な春画としても名高い。

■

風がさらに強くなったようだ。

雨戸がガタガタと揺れ、バチバチという雨音の中に、ゴオーッという低いうねりが混じる。

雨戸の隙間が一瞬光ったかと思うと、ゴロゴロドォーンッ！　と雷が落ちた。

北斎が目覚めているのは、雷雨のせいだけではない。時々、新作の趣向を考えこんでいて、気が昂ぶって眠れなくなる時がある。日中は日中で、大量の版下絵を力業でこなし、疲れているのだから何も考えずに眠ればいいものを、こういう時こそ良い趣向を思いついてしまう。

隣でお栄が、寝返りを打つ気配がした。

お栄は今日一日、艶本の下絵を描いていた。北斎が描き溜めた粉本《ふんぽん》（手本）を見ながら、自分なりに図案を工夫しているようである。

「……鉄蔵」

と声がかかった。

「なんだ、眠れねえのか」

雨音はさらに大きく、稲光の間隔も短くなったようだ。

「大丈夫だ、大水（洪水）になんかなんねえよ。たとえなっても、すぐに流される心配はねえ」

「そんなんじゃないよ……」

「ならどうした？　何か心配ごとか？」

お栄の身体が、北斎の方に向けられた。

「そっちに行っていいかい？」

ねっとりとした声色に、北斎はギョッとしたが、

「何を言ってやがんだ、子供じゃあるめえし」

何食わぬ声でこたえた。ところがお栄は、するりと夜具の間に入って来て、北斎の胸にピタ

リと頬を寄せた。

心臓の鼓動が高まったことに、お栄は気づいただろうか……。

「昔はよくこうして、一緒に寝たね」

「……ああ……」

緊張して声が掠れた。

「……鉄蔵。あたし、知りたいんだ。頭ン中がもやもやして、眠れない。……助けて」

消え入りそうな声でつぶやいた。

——だぁかぁら！　枕絵なんざ描かせたくなかったんだ！　善次郎の大馬鹿野郎が！

胸の内でいくら罵ろうが、英泉がここに来てなんとかしてくれるわけでもない。

「離れろ」

北斎はドスの利いた声でお栄に命じた。

「鉄蔵……」

お栄はますます縋《すが》りついてきた。

「俺たちは、血はつながってなくても親子なんだ。俺はおめえを、娘としか思っちゃいねえ。

……雌猫みてえに盛っててんじゃねえや、みっともねえ」

北斎は夜具を剥いで半身を起こした。お栄の目が、呆然と見開かれている。

北斎は、そのまま立ち上がると、お栄の顔も見ずに階下へ降りて行った。

「そんなんじゃないよ！　鉄蔵の嘘つき！　何があっても守ってくれるって言ったじゃない

か！」

お栄の叫びが、北斎の背中に突き刺さった。

北斎は柄杓を摑んで水瓶の水を汲み、そのままゴクゴク飲み干した。次に柄杓を放り投げ、両手で水をすくって顔を洗った。

朝までまんじりともせず、夜が明けると同時に、北斎は英泉が住む尾張町の長屋に向かった。

雷雨が去った朝は、北斎の気持ちとは裏腹に、腹立たしいほど清々しい。

「おい、善次郎！　起きやがれ！」

長屋の戸口をドンドンと叩くと、心張《しんば》り棒を外す音がして、寝ぼけ眼《まなこ》の英泉が顔を出した。

「師匠、こんな早くにどうしやした？」

「どうもこうもねえやこの野郎！」

北斎はいきなり土間に足を踏み入れると、英泉の胸ぐらを摑んだ。

「わっ、ち、ちょいと待っておくんなさい。こんなとこで騒ぎ立てちゃ具合が悪い」

英泉が部屋の奥に目配せした。髷も結わずに背を向けて眠る女の姿があった。

「また女連れ込んでやがんのか！」

「違いますよ、あれはあっしの妹だ」

「妹？」

北斎は疑いの目を向けた。

「いつか話したでしょう、妹が三人もいるって。一番下のと一緒に住んでんです。まだ十二の子供ですよ」

北斎は黙って英泉を茶店に誘った。

朱毛氈《しゅもうせん》を敷いた縁台に、並んで腰掛けながら、二人はひそひそと話した。

「ああそうだ。どうしてくれんだ？」

「どうって……言われても……」

英泉は湯呑みに目線を落とした。

「おめえ、女ったらしのくせに、女心も読めなかったのか？」

「いや、でも、嫁いでたぐらいだから……。まさか、そんなに〝おぼこい〟とは」

「等明の野郎は、あいつをちゃんと女にしてやってなかったってこった」

英泉には、お栄が情欲を処理できずに相談された、とだけ告げた。実の親子ということにしてあるので、お栄から迫られたことは黙っていた。

「お栄さんが？」

英泉は目を見開いた。

「女房に話せばお栄が傷つくだろうし、ここはやはり、百戦錬磨のおめえに……。第一、火ィつけたのはおめえなんだしよ」

「…………」

「…………」

解決の糸口が見つからず、二人は黙って茶を啜《すす》った。

「そうだ！」

英泉は顔を上げて北斎に詰め寄った。

「三千歳に頼むってのはどうです。女同士ならツボを心得てるだろうし、きっと清々させてくれるはず……」

だが北斎は眉をしかめた。

「親子で世話になろうってのかい。しかも、おめえも含めりゃ三つ巴《どもえ》だ。そりゃどうも生臭ぇなぁ」

「駄目ですか……」

英泉がため息をついた。

「……なあ、ものは相談なんだけどよ」

北斎が言い淀んだ。

「なんです？」

英泉は肩を落としたまま、顔だけを北斎に向けた。

「おめえ、お栄と夫婦《めおと》になっちゃくんねえか。あいつは珍しく、おめえのことは好いてる。きっとうまくいくと思うんだ。別段、一緒に暮らさなくったって構わねえ。どうせあいつは家のことなんざできねえんだから、これまで通り別々に暮らして、おめえも好きに女遊びしてくれてもいい。ただ、一緒に過ごす間は夫婦として、時々あいつを抱いてやってくれりゃあ……」

「師匠、すまねえ！」

みなまで聞かず、英泉は頭を下げた。

「そりゃできねえ相談だ」

「俺がこれほど頼んでも駄目なのか？　言いたかないが、これまで俺がどれだけおめえの面倒を見てやった？　ここまで折れてやって、何が不満だ。お栄が不器量だからか？　出来損ないだからか？　ええこらっ！　言ってみろ！」

怒り心頭に発した北斎は、もはや声を抑えることができなかった。

――人が下手《したて》に出てりゃあ、つけあがりやがって！

「本当にすまねえ！　この通りだ。……でもね、師匠。これぱっかりは理屈じゃねえんですよ。……お栄さん相手じゃ、勃《た》たねえんだ……」

ガシャン！　と背後で湯呑みが落ちる音がして、二人はハッと振り返った。

「おめえ……、つけてきたのか……」

お栄が、蒼白な顔をして立ち上がった。二人が話に夢中になっている間に、そっと背後の縁台に腰掛けて、二人の話を聞いていたのだ。

「お栄さん、違うんだ。あっしはお栄さんのことは心《しん》から尊敬してる。ものすごい絵師だと思ってる。お栄さんはあっしにとっちゃあ神様みてえなお人で、そのお人を、あっしが汚すなんてとんでもねえことで……」

お栄は脱兎《だっと》のごとく駆け出した。

「お栄！」

「お栄さん！」

二人が後を追おうとすると、

「ちょっと、お代！」

茶店の女将が怒鳴った。

「善次郎、頼む！」

言い捨てて北斎は駆け出した。

「師匠！　俺ぁ財布を持って来てねぇ！」

女将に首根っこを摑まれながら、英泉が叫んだ。


一昼夜行方《ゆくえ》知れずになった後、お栄は何事もなかったかのように帰ってきた。

家には、北斎とお栄の母のこと女、妹のお猶、それに日頃世話になっている伊勢屋利兵衛《いせやりへえ》ら版元や番頭、弟子たちも集まっていて、

「どこへ行ってたんだ、心配したよ」

と口々に尋ねたが、お栄は誰にも一言も口を利かなかった。

それからお栄は、時々家を一刻ほど空けるようになったが、北斎は何も聞かなかった。ある

時、伊勢屋利兵衛が、

「お栄さんが、芳町《よしちょう》の陰間《かげま》茶屋に入って行くのを見ましたよ」

と教えてくれた。

「ああ。そりゃあ茶屋に頼まれて、褄絵を描きに行ってんだ」

北斎はとぼけた。

「そうでしたか。……いやあ、安心しました。まさかお栄さんが陰間遊びに興じる、なんてことはないと思っていましたが……。いやはや、そうでしたか」

版元はニコニコと帰って行ったが、信じたかどうかは定かではない。

——玄人《くろうと》が相手なら、少なくとも捨てられて泣くようなことや、ガキができちまう心配はないだろうよ。

そう思い、誰にもこのことは話さず放っておいた。陰間茶屋で覚えたのか、お栄は酒と煙草《たばこ》を嗜むようになった。他は以前と変わらず、黙々と北斎の仕事をこなしている。

昴ぶりがなければ絵を描き続けられない、と北斎は思っている。感情を掻き立てたくて火事見物に駆けつけるし、珍しい見世物があると聞けば見学に行き、磔刑《たっけい》があると聞けば処刑場にも赴く。今ならかつての兄弟子・勝川春英が、残酷な絵や、異形《いぎょう》のものにこだわった理由が、少しわかるような気がする。

時にはわざと雨に打たれて雷を見ることも、氾濫した川を見るために、土砂崩れも恐れず高台に登ることもある。

お栄もそうだ。いつも北斎の物見について来るし、火事見物には北斎より熱中した。情欲を満たすこともその一環で、それでいい絵が描けるのなら良いではないか。

現にお栄の描く美人画も枕絵も、以前と比べて格段に艶が出て、良くなった。もはや自分は、この分野ではお栄にかなわない。

北斎とお栄の絆は、確実に以前とは変わってしまった。

お栄が全てを北斎に依存することがなくなり、時々、妙に冷めた目で、煙管《きせる》を片手に北斎を見るようにもなった。

――これが親離れってもんか……。

英泉はあれ以来、めっきり仕事場に寄り付かなくなった。

現実を受け止めることは、お栄の成長には必要なことだったのだ。

北斎は自身を慰めるべく、そう思い込むことにした。

北斎載斗《たいと》〈五十八歳〉 文化十四年（一八一七年）

早朝から笛や太鼓の音が聞こえ、老若男女や貴賤を超えた人々が、尾張国名古屋の本町通り《ほんまちどお》を西本願寺《にしほんがんじ》に向かって歩いていた。

西本願寺は浄土真宗本願寺派の寺院で、北斎が信仰する阿弥陀如来をご本尊としている。

門前町の店々はいつにない早さで店を開け、焼き芋や焼きイカ、稲荷ずしなどの食べ物類や、漆器やかんざし、おもちゃなどの屋台が並んでいる。各所に、本日の見世物である、大達磨の絵が描かれた引札が貼られており、同じ引札が、書林《しょりん》の店先で一枚十二文という値段で売られ、『北斎漫画』全七編が、一編ずつ平積みにされていた。

文化十四年（一八一七年）十月五日――。

この日北斎は、西本願寺掛所《かけしょ》において、百二十畳敷の料紙《りょうし》いっぱいに、達磨大師の半身像を描こうとしていた。

本堂に向かって右手側の東庭に、縦幅十間（約十八メートル）横幅六間（約十一メートル）の巨大な紙が敷かれていた。この紙は、近くにある寺の堂内で、合羽《かっぱ》職人たちによって貼り合わされたものだ。

紙と地面との間には、紙の保護と、動きやすさを考慮して、鞘糠《さやぬか》（もみ殻）が敷き詰められている。

紙の三方の縁には、紙を押さえる文鎮と、見物客たちとの境界を隔てる役割を担った、杉の丸太が並べ置かれていた。

周囲には筵が敷かれ、座って見物ができる贔屓客用の席になっている。さらにその背後には柵が張り巡らされており、開門前から並んでいた立ち見客たちが、我先にと場所を取り合っていた。

一方、庭の正面の集会所《しゅうえしょ》がある建物側には、描いた絵を展示するための木組みが組まれている。それゆえ、紙の上方は軸に巻き付けられ、細引の蔓でしっかりと留められていた。

――先の失策を、繰り返すわけにはいかねえ。

北斎は柱を手で押し、造りの頑丈さを確かめながら、五間（約九メートル）の高さに設置してある、木組みのてっぺんの滑車《かっしゃ》を見上げた。これで紙を引きあげようというのである。

大達磨を描くのは、これで二度目だ。一度目は十三年前の文化元年（一八〇四年）四月十三日、江戸の音羽護国寺《おとわごこくじ》でのご開帳の時だった。

筆に見立てた箒《ほうき》を抱え、紙の上を縦横無尽に動き回り、せっかく巨大画を描き上げたのだが、集まった見物客からは絵の全貌が見えず、

「いってえ、何が描かれてんだ？」

とざわつくばかり。高台に行けば見えるだろうと気づいた人々が、大挙して護国寺の屋根に駆け登り、

「達磨だ！」

とロ々に叫んでやっと喝采を得る、という有様であった。後で住職から大目玉を食らったのは、言うまでもない。

「先生、墨はこれくらいでようござるか」

尾張藩士であり、北斎の門人でもある墨仙が聞いた。かつては歌麿に師事していたのだが、歌麿亡き後、北斎の教えを受けている。北斎が目をやると、酒樽一杯に、すり鉢で擂った墨が用意されていた。

「ああ。それだけありゃあ十分だ」

「朱墨はこちらで？」

今度は手桶を見せた。水銀と硫黄を加工して作る朱墨は、炭を水に長期間浸して作る墨とは、段違いに高価である。この手桶一杯分を用意するのに、どれほどの金子がかかったことだろう。

この見世物の金主は、名古屋藩校『明倫堂《めいりんどう》』の御用達でもある大阪元、二代目・永楽屋東四郎《えいらくやとうしろう》である。初代の跡を継ぎ、漢籍や『古事記伝《こじきでん》』を始めとする本居宣長《もとおりのりなが》の国学書を、宣長亡き後も刊行し続けている。北斎より七歳年下の、良き支援者であった。

北斎が五年前に約半年間、墨仙の家に逗留し、三百枚ほど描き溜めた下絵が、三年前の正月、永楽堂から『北斎漫画』として売り出された。一冊限りの刊行物のつもりが、これがたちまち評判を取り、江戸の版元三軒が名乗り出て、春には江戸の書林でも売られるようになった。

中でも、元より北斎と懇意にしていた角丸屋《かくまるや》は熱心で、十編までの続編を出すことを申し入れ、江戸と名古屋の相合版《あいあいばん》（共同出版）として、毎年二編ずつ発行されており、この春にも六・七編が刊行された。

売れ行きに気を良くした永楽堂は、八編以降の下絵をじっくり描いてもらおうと、北斎を名古屋に招いた。北斎はまたもや半年ほど名古屋に留まって、十編までの下絵を描き上げたのであった。

「先生。名古屋ご逗留の集大成として、大達磨を描いてはいただけませんか」

ひと月前の茶席で、でっぷりとした腹を揺らして永楽屋は言った。

五十八歳にもなって、北斎がこの体力勝負の大仕事を引き受けたのは、一つには永楽屋の言うように、名古屋逗留の集大成として。もう一つには『北斎漫画』のさらなる売れ行きを願って。さらには北斎という絵師を広く知ってもらおうという、披露目の誘いに乗ったからである。

発案者は、墨仙から紹介された猿猴庵《えんこうあん》という尾張藩士であった。本名を高力種信《こうりきたねのぶ》といい、三百石扶持《ぶち》の馬廻役《うままわりやく》の閑職で暇を持て余し、日々随筆と作画に明け暮れている好々爺《こうこうや》である。

北斎より四つ年上の猿猴庵は随所に顔が利き、西本願寺の許可も取り付けてくれた。北斎らと行動を共にし、この記録を『北斎大画即書細図《ほくさいたいがそくしょさいず》』として記録するのだと張り切っている。

幸い天候にも恵まれた。

北斎は晴れ晴れとした気分で、空を半分覆ったうろこ雲を眺めた。

家出騒動以降、お栄と気まずくなってからというもの、江戸での北斎は『北斎漫画』の編纂に没頭していた。気まずくなったと言っても、そう感じているのは北斎だけで、お栄の態度は、それまでとなんら変わらなかった。ただ一点を除いては――。

あれ以来、お栄は北斎を『鉄蔵』と呼ばなくなった。『親父殿』と、北斎から見れば〝他人行儀〟な呼び方をするようになった。

お栄の陰間茶屋通いは、気が済んだのか、馬鹿馬鹿しくなったのかは知らないが、間もなく止んだ。もしやあの大風《おおかぜ》の日のことは、夢ではなかったのかと思えるほどだが、英泉という第三者をからませてしまった以上、無かったことにはできない。

――俺はどうすりゃ良かったんだ？

お栄を抱くことなど、断じてできない。だがしかし、カッとなって英泉など訪ねず、胸の内にしまっておくべきだったのではないか。

もう三年も経つのだから、いい加減忘れてしまえばいいものを、ふとした弾みにあの時のことを悶々《もんもん》と考えてしまう。

名古屋でのこの見世物が終われば、大坂から伊勢、紀州《きしゅう》、吉野《よしの》など、五年前に旅した道のりを再び訪れて、門人たちを訪ねようと考えている。一、二年江戸を離れていれば、そのうち気にすることもなくなるだろう。

――旅はいい。

煩《わずら》いを全て忘れさせてくれ、新しい喜びを与えてくれる。できれば日本国中を、肥前《ひぜん》長崎の出島や琉球《りゅうきゅう》、蝦夷《えぞ》にも行き、海も越えて、森羅万象を、生きとし生けるあらゆるものを見て、描いてみたい――。

「北斎先生、後は私どもにお任せいただき、先生方はどうぞ、お食事とお着替えを」

背後から、永楽堂の番頭が声をかけた。もはや九つ刻に近かった。北斎は門人たちと連れ立って、お堂に向かった。ふと振り返ると、紙の上を丁寧に掃き清めている、十代半ばの少女の姿が目に留まった。

――護国寺ンときゃあ、お栄もあれぐれえ小さかったっけな。

北斎は目を細めた。

見世物の開始を告げる大太鼓が打ち鳴らされ、北斎と、門人四人が背後に並び立った。皆、黒紋付に紅色の襷《たすき》、作画の邪魔にならぬよう、裾を高く端折《はしょ》った袴を履き、白足袋《しろたび》に、白い綿布を裂いて作った布草履《ぬのぞうり》を履いている。

居並ぶ見物客たちに一礼をすると、北斎は百二十畳の紙の上を、斜め、横、後ろと歩いて歩数を数え、始点を定めた。

何枚も下絵を描き、構図と比率はしっかりと頭に入っている。念のため、紙の四隅からの距離を目測し、位置に間違いがないかを確かめると、門人たちに頷きかけた。

門人の一人が北斎に藁筆《わらふで》を手渡した。大画を描くために、竹に藁一把を巻いて作った、特製の巨大な筆である。別の一人は、両端に取っ手の付いた、長方形の盆を持って北斎に近づいた。盆には墨が入っている。

北斎は藁筆の筆先を何度も墨に浸すと、墨が垂れないよう筆先をやや高く持ち上げ、「えい！」という掛け声と共に、紙に筆先を叩きつけた。この一打を合図に、囃子方の演奏が始まった。抑揚のある笛の音と、タンタンと小気味良い小鼓の音に促されるようにして、達磨の鼻の形を描いてゆく。

一筆描いては墨をつけ、ダンッ、ダンッ、スーッと筆先を置く度に、細かい墨の粒が飛翔し、白い紙に散った。

見物客たちは皆、息を殺して、北斎の一挙手一投足を凝視している。

右眼、左眼、口、耳、頭、顔の輪郭、胸の順に描き終えると、紙を汚さないよう白草履を履き替え、毛描き用の、蕎麦殻を一絡《ひとから》げにした筆に持ち替えて、月代《さかやき》や髭を描いた。

次いで、畳掃きに使う棕櫚箒《しゅろぼうき》を持ち、手桶に入れた薄い朱墨を用いて隈取《くまどり》を描いた。描く端から門人たちが、手桶の水に別の棕櫚箒を浸し、隈取をぼかしてゆく。

一通り達磨の顔を描き上げると、北斎は後ずさって全体を眺めた。門人たちがぼかし作業を終えるのを待って、「上げろ！」と合図を送った。手伝いの男たちが一斉に縄を引っ張ると、丸太組みのてっぺんに仕掛けられた滑車によって、紙がスルスルと引き上げられてゆく。

目の辺りまで上がったところで「やめい！」と北斎が声をかけ、紙が一旦固定された。現れた絵に、「おおー！」っと、見物客たちから感嘆の声が上がった。

五個の俵を崩して一つにまとめ、先をほぐした巨大な刷毛《はけ》が、墨入れの盆に浸されたまま、二人の門人たちによって運ばれてきた。北斎はそれを両腕で抱え込むと、腰を落とし、太鼓が連打される中、達磨の袖、襟、肩と、一気に衣紋《えもん》を描き上げていった。この迫力に、拍手と歓声が沸いた。

衣紋の彩色には、朱墨が使われた。門人の一人が、手桶に入った朱墨を柄杓で汲んで、衣紋の線に合わせて蒔いてゆく。するともう一人が、水を含ませた棕櫚箒で朱をぼかし始める。水が多くて紙が湿りすぎた場所は、手伝いの者が雑巾で拭き取ってゆく。そのような連携が取られている間に、北斎は達磨の顔と向き合い、輪郭線や毛を描き足していった。

残すは目玉だけである。腰と膝が悲鳴をあげている。一息ついた北斎は、屈伸した後、背中を大きく反らして身体を伸ばした。

紙の下方に立って、腕を組み、描き上げた大達磨とじっくりと向き合う。鳴り物が止み、再び周囲が緊張感に包まれた。門人たちも作業を終え、百二十畳の紙の上に立つのは、北斎ただ一人となった。

まるでそこが神聖な領域でもあるかのように、何人《なんびと》をも立ち入らせまいとする気迫が、空間を覆っていた。それは短い間ではなかったが、見物客たちは飽きることなく、江戸から来た大絵師が気を摑む、点睛《てんせい》の瞬間に立ち会えることに、特別な喜びと誇りを感じていた。

（一瞬たりとも見逃すことなく、末代までも語り継ぐ！）

人々は確固たる意志を持って、北斎と目玉のない達磨を見守り続けた。

だがその実、北斎が行っているのは〝時を稼ぐ〟ことであった。絵具が垂れないよう、ある程度、達磨の身体が乾くのを待っていたのだ。だが、描き上げた後に、絵具の乾きを待って一休みしたのでは、せっかく盛り上げた見物客の気持ちが途切れてしまう。そこで、熱気を冷まさないよう、もったいをつけて、ありがたみを出す芝居を打っているのである。

この茶番を察したかのように、見物客の中にいた赤子が突然泣き出した。観衆の気がそがれ、赤子をおぶっていたねえやが、慌ててその場から走り去った。

——これ以上、待てねえってことか。

北斎は苦笑し、小ぶりの藁筆を濃墨に浸すと、慎重に二つの目玉を塗りつぶした。

昼過ぎから描き始めておよそ二刻。張り詰めた空気が解かれ、大喝采が沸き起こった。お囃子がかき鳴らされる中、絵が引き上げられてゆく。遠くにいた人々も集まって来て、蟻のように群がった。誰もが皆、こんな巨大な絵を見るのは初めてである。

——うまくいった。

北斎はホッと胸を撫で下ろした。十三年前の失態とは比べ物にならない。達磨絵の出来も、見物客の喜びようも。

——この晴れ姿、お栄に見せてやりたかったぜ。

己がお栄から逃げ出したことも忘れ、北斎はお栄を懐かしんだ。

翌六日の朝、北斎の大達磨は大木を支えに、さらに高く掲げられていた。

左の余白には墨痕逞《たくま》しく、

『文化十四丁丑年十月五日　東都画狂人　北斎戴斗席上』

と名入れされ、終日多くの見物客を楽しませた。北風に煽られ、船の帆のように動く達磨図は、まるで生きているようだと噂された。

この見世物は大評判となり、北斎の名は尾張国中に知れ渡った。『達磨先生』を略して『だるせん』と愛称で呼ばれるようになり、流行唄として歌われるまでになったのだ。

第五章

北斎為一《いいつ》〈七十一歳〉　文政《ぶんせい》十三年（一八三〇年）

「この青だよ善次郎！　俺が長年探してたのは！」

善次郎こと、渓斎英泉が持参した団扇絵《うちわえ》を見て、北斎は興奮のあまり、唾を飛ばして叫んだ。紙を持つ手がブルブルと震えている。

団扇問屋・伊勢屋惣兵衛からの依頼で英泉が下絵を描いた、青一色の濃淡で摺られた風景画が二枚。一枚には『唐土《とうど》山水図』が、もう一枚には『隅田川の図』が描かれている。これらを団扇の形に切り抜いて、骨の表裏に貼れば、両面柄違いの、涼しげな団扇が出来上がる。

「ベロリンから来た藍色の絵具だから『ベロ藍』ってんです。江戸でこの絵具を使ったのは、多分おいらが初めてで……」

「どこで手に入るんだ!?　早く教えろ！」

英泉の言葉を遮って、北斎が詰め寄った。

――この青があれば、川も海も、滝だって描ける！

御鏡師の家に養子に入った六歳の頃、雲の造形に取り憑かれたように、北斎は長年、水の造形に取り憑かれていた。地形や量や風によって千変万化する、捉えがたい水。雲と違って水は触れられ、喉を潤し、脅威にもなる。

旅をするようになってからは、特に波の形に心惹かれるようになった。長時間波打ち際に留まり、波を見続けたことも度々ある。常に変転し続けるあの波を、どう描けばそれらしく見えるのか。

特に波頭《はとう》を描くのが難しい。ゆるく描けば綿が乗っかっているようにしか見えないし、さばさばと描けば迫力が足りない。無限の表現があるだけに、何が正しいのか見えなくなってゆく。長年見続けたことで目が訓練されたものか、北斎は波の動きの瞬間を捉えることができるようになった。また、見たものを正しく紙に落とせる技術も身につけた。

あとは色だけだったが、錦絵に使う青と言えば、藍染《あいぞめ》に使う青か、露草《つゆくさ》しかなかった。藍は薄めて使っても、乾くとどす黒く変色し、澄んだ美しい青色にはならない。露草の青は透明感があって美しいが、光に弱く、あっという間に退色してしまう。

かつて歌麿が己を『紫屋《むらさきや》』などと称し、露草を使った美しい紫色の美人画を多数発売したが、絵双紙屋《えぞうしや》の店頭に並べて売ることができず、買った方も、なるべく光に当てぬよう、大切に紙に挟んで保存せねばならず、たいそう面倒がられた。陽の当たる壁に貼って眺めていると、三日やそこいらで青味が退色し、赤味だけが残る。その赤も紅花を使っているため、やがて黄色に変わってしまうのだ。

北斎も、描き溜めた波の写生は山ほどあるのだが、気に入った青に出会わぬうちは、錦絵に仕立てる気にはなれなかった。

だがしかし、このベロ藍があれば、空や海の青だけでなく、青と黄を混ぜて作る緑も、青と紅を混ぜて作る紫も、どの色も鮮やかに発色させられるはずだ。

英泉の団扇絵は、墨絵を青で見せる趣向だろうが、ここに色が加われば……。

――思い通りの景色が、錦絵で出せるぜ。

数年前に版元の西村屋与八《にしむらやよはち》から、富士講の流行に乗って、富士山の揃物を出しませんかと打診されていた。題材としては面白く、何枚か下絵も描き溜めていたのだが、果たしてそれらの風景画を、大判錦絵に仕立てて売れるものだろうかと、北斎自身、いまひとつ自信が持てなかった。だがこの発色ならば……。

「善次郎！　この絵具を俺にくれ！」

「もちろん、そのつもりで持って来やした」

英泉はニヤついて、ギヤマンの瓶に入ったベロ藍を差し出した。北斎をこんなに喜ばせ、興奮させたことが嬉しくてたまらない様子だった。

――この野郎、お栄との縁談を断って以来、長年足が遠のいてやがったが、ベロ藍を手土産にまた出入りしようってぇ魂胆か。

「師匠のこった、きっとすげえもん、見せてくれやすね！」

しかし、英泉の期待は大きく裏切られた。

――すげえなんてもんじゃねえや、こりゃあ！

翌天保二年（一八三一年）正月二日――。

『冨嶽三十六景』と銘打った大判錦絵の揃物十枚が、『北斎改為一筆《あらためいいつ》』という筆名で大々的に売り出されたのだ。『為一』は十一年前、北斎が歌川豊國と並んで、浮世絵師番付で最上位の大関に格付けされた際に使われ始めた画号だ。今回わざわざ北斎の名を復活させたのは、全国的に通りの良い名を入れることで、少しでも多くの人々にこの絵を見て欲しいという、自信の表れだろうか。

英泉は版元に頼んで、前日にこれらを入手し、自室でじっくりと検分した。北斎の仕事場を訪ねて行けば、早くに見本摺りが置いてあったのだろうが、グッと我慢してこの日を待った。途中段階ではなく、予備知識無しに完成品を見てみたかった。

絵をめくるたびに冷や汗が滲み出す。

雲を背景に、右寄りに配置された赤富士を描いた『凱風快晴《がいふうかいせい》』。ほぼ同じ構図で、下半分の山が黒く、稲光が落ちている『山下白雨《さんかはくう》』。大波に翻弄される押し送り船《ぶね》と、対岸に小さく見える富士を描いた『神奈川沖浪裏《なみうら》』。この三枚を見ただけで、英泉は腰を抜かしそうになった。

英泉もそこそこ風景画には覚えがあり、実際、昨年北斎に見せた団扇絵は飛ぶように売れたが、とんでもない。この三枚は神がかっていて、とても英泉の手が届く範疇《はんちゅう》の絵ではない。自身の凡人ぶりを思い知って、激しく落ち込んだ。

残る七枚も、ベロ藍による天ぼかしが奥行きを感じさせるせいだろうか、ともすれば描きすぎてしまう嫌いのある北斎が、スコンと奥まで抜けるような、見事な空間を描き出している。空や水の青だけでなく、木々の緑も透明感があって美しい。さらにこの自然なぼかしを見ても、北斎が摺師に相当うるさく注文をつけたであろうことが見て取れる。

加えて、全体を覆う軽やかさの理由は何なのだろうと、英泉は目を凝らした。

——そういうことか……。

北斎は、常なら墨で摺る主板による輪郭線を、藍で摺らせていたのだ。発色が重く、暗く沈みがちな藍の色であるが、輪郭線に使うなら墨よりも明るいし、同じ青でもベロ藍との違いで立体感が出る。

また、比べるのもおこがましいが、同じ風景画を描く絵師だからこそわかる仕掛けを見つけた。北斎は一枚の絵の中で、巧みに目線を変えていた。

例えば、波は下から見上げているのに、富士山は正面から見た角度で描かれていたり、船は上から見下ろしているのに、橋は下から見上げている、といった風にだ。絶妙に配置されているので、普通の人はこの違和感に気づかない。つまりはだまし絵である。

さらにもう一つ、『神奈川沖浪裏』には仕掛けがあった。波といい、押し送り船といい、北斎は一枚の絵の中に時の流れを描き出していた。つまり、波が盛り上がって大きく弾けるまでの様子のコマ送りと、その波によって翻弄される押し送り船のコマ送りである。

北斎はこれまで『北斎漫画』の中で、雀踊りを踊る人物のコマ送りや、相撲の取り組みのコマ絵を描いて来たが、『神奈川沖浪裏』ではコマに大小をつけ、一体感が出るように配置しているのである。一見三隻描かれているように見える押し送り船は、実は一隻の船の刻《とき》の変化を描いたもの、というわけである。

三十六景と言うからには、残り二十六図も、この度合いのものが随時売り出されるのだろう。

——泣けてくるぜ。

もはや期待よりも、畏怖《いふ》の方が大きかった。

事実英泉は、半年後に刊行された『富嶽三十六景』の次の十図に、完全に打ちのめされた。

この時は発売までが待ちきれず、北斎の仕事場を度々訪ねた。ようやく上がって来た見本摺りは、一見、ベロ藍一色の濃淡だけで摺っているように見えるが、英泉の藍摺り作品に比べて、明らかに品格と緊張感、格調の高さが違う。

これもよく見ると、藍とベロ藍の二色を巧みに摺り分けることで、奥行きと深みを出していた。

「綺麗だね……」

呟くお栄の隣で、英泉は感動のあまり号泣していた。

北斎が留守中でお栄と二人きりなのをいいことに、涙を抑えようともしなかった。

『富嶽三十六景』は大評判を取り、三年がかりで六回に分けて刊行された。当初予定していた三十六図だけでは熱狂ぶりがおさまらず、十図を加えた全四十六図をもって、ようやく完結したのであった。

高井鴻山《たかいこうざん》 天保四年（一八三三年）〈北斎・七十四歳〉

信州は小布施《おぶせ》の豪商の子息・高井鴻山が、初めて北斎に会ったのは、北斎の『冨嶽三十六景』が大評判を取り、三年がかりで六回に分けて刊行された直後であった。

この三年間、ベロ藍が気に入った北斎は、積極的に錦絵の仕事をこなした。

中判ながら、化物絵の傑作とされる『百物語』、想像だけで琉球の風景を描いた『琉球八景』、様々な海の表情を描いた『千絵《ちえ》の海』、有り得ない橋の数々を描いた『諸国名橋奇覧』、全国の名瀑《めいばく》を描いた『諸国瀧廻《めぐ》り』など、どれも北斎人気を後押しする形となった。

この年、初めて江戸の地を踏んだ鴻山は経学・国学・洋楽などを学びながら、同じく小布施の豪商で、江戸日本橋に江戸店を出している『十八屋《じゅうはちや》』に、足しげく出入りするようになった。

江戸の『十八屋』を預かっているのは小山文右衛門という男で、呉服問屋、薬種問屋、綿問屋、飛脚業など、商売の手を広げていた。高井家と小山家は以前から懇意の間柄だったため、鴻山は実家との手紙や仕送りの仲介を『十八屋』に頼み、小布施の状況を常に把握するようにしていた。

北斎が時々『十八屋』に、肉筆画に使う顔料を買い求めに来ると聞いた鴻山は、矢も楯もたまらず「北斎先生に会わせて欲しい」と主の文右衛門に頼みこんだのだ。

江戸ではしばしば、裕福な商人が金主となり、文人墨客などの知的階級の人々を招いた書画会が、商人の自宅や料理茶屋などで行われる。

酒も煙草もたしなまない北斎だが、食道楽で特に甘いものに目がなく、接待とあらばマメに顔を出すとの評判を聞きつけた文右衛門は、鴻山と北斎を引き合わせるべく、宴席を設けた。

座敷に現れた七十三歳の北斎は、作務衣《さむえ》に半纏《はんてん》姿で、世間でいうような気難しい頑固爺《がんこじじい》には見えなかった。神妙に控える鴻山に、ニコニコと愛想よく接してくれた。

「前北斎改め、今は為一と名乗っておりますが、北斎の方が通りがよろしかろう。そう呼んでくだすって結構」

北斎の機嫌が良いのを見て、文右衛門が鴻山に頷きかけた。

北斎は画業に没頭すると、一息ついた時に無性に甘いものが食べたくなるらしく、饅頭の七、八個は一度にぺろりと平らげてしまうというのは知られた話であった。

『北斎先生には金子より高価な菓子折を』という文右衛門の進言に従って、鴻山は十八屋の迎えに、郷里の名物の栗菓子をどっさり届けさせていたのだ。

さりとて敬愛する北斎を前に、鴻山は緊張のあまり頭を下げたまま、ほとんど奉るようにして「はい……」と消え入りそうな返事をした。

「殿様の接見でもあるまいに、顔をお上げくだされ。わしは一介の画工に過ぎませぬ」

北斎は穏やかに言った。

「では、北斎先生と呼ばせてください」

顔を上げた鴻山の目は、感激に潤んでいた。

今から十二年前の十五歳の時、鴻山は祖父の勧めで京に遊学した。摩島松南《ましましょうなん》の門で儒学と漢詩を学び、書を貫名海屋《ぬきなかいおく》に、和歌を城戸千楯《きどちたて》に、そして絵画を岸駒《がんく》・岸岱《がんたい》親子に学んだ。

一代で岸派を興した岸駒は、

「一介の画工ながら、我らが一目置かざるを得ない傑物がいる」

と、北斎の名を挙げた。

岸駒自身、優美な円山《まるやま》派が全盛を誇る京都において、その剛健な筆遣いは京より地方での人気が高く、画料と気位の高さで陰口を叩かれることが多かった人物だけに、北斎の生き方に共感するものがあったのだろう。

岸駒は鴻山に『北斎漫画』を見せてくれた。狩野派や土佐派といった正統派大和絵師の、代々続いた様式美を優先する障壁画に比べ、それは世の中の森羅万象を余すところなく描こうとする、意気込みにあふれた絵手本帖であった。

さらに『略画早指南《りゃくがはやおしえ》』で北斎は、万物の形は〇と△と□で描けるため、樋定規《ひじょうぎ》とぶんまわし（コンパス）を使って描けば、正しい形と釣り合いを習得できるのだと説いていた。

この時より、元服を迎えたばかりの鴻山の記憶に、北斎の存在が深く刷りこまれた。

「さあさあ、馳走が干からびぬうちにまずは一献。北斎先生は御酒をたしなまれぬそうでございますが、形なりとも受けてくださいまし」

文右衛門が、酒の入った片口を鴻山に差し出し、北斎に注がせようと促した。

「いや、下戸《げこ》じゃと申しておるのは方便でしてな。面倒な付き合いを断るために、表向きはそのように通しておりますが、かように気の置けない席ならば、多少は……」

言って北斎は鴻山の酌を受け、一息に飲み干すと、盃《さかずき》の飲み口を指で拭って鴻山に返杯をした。

酒が鴻山の胃の腑にじわりと降りてゆき、強張りがようやくほどけた。酒が進むにつれ、鴻山は雄弁になり、師の岸駒がいかに北斎を誉め称え、自身が『北斎漫画』や『略画早指南』に触発されたかを語った。

酔いが回っても鴻山の振る舞いには謙遜があった。

『何が嫌いといって北斎先生は、偉ぶる人間ほど嫌いなものはない。金や地位にあかせて命令口調で絵を注文してくる輩は、けんもほろろに断っていると聞きます。あなた様のことですからその点は心配しておりませんが、くれぐれもご注意を』

という文右衛門の警告が常に頭にあったからだ。

ともすれば他人を威圧しかねない大きな体軀《たいく》も、彼の持つ温厚な雰囲気によって和らげられていた。

「先生に、絵を見ていただいてはいかがですかな?」

頃合いを見て、文右衛門が勧めた。

「私の絵など、お目汚しにしかなりませぬ」

鴻山は恐縮したが、

「お持ちであれば、是非」

北斎が促した。

鴻山はおずおずと、風呂敷に包んだ絵の束を差し出した。持参していることは、最初から見せるつもりがあったことは明白である。

北斎は無表情に風呂敷をほどき始めたが、その心中はさぞや白々していることだろう。もしくは慣れたもので、何も感じていないのか……。

「……なるほど。少し手を入れてもよろしいかな？」

北斎は言うなり懐から矢立てを取り出した。

「もちろんでございます！」

鴻山は喜色満面に答えた。

一番上にあったのは牡丹《ぼたん》の花の絵で、岸駒の粉本を臨写したものであった。

「花びらを一枚一枚写そうとするとうまくいかねぇ……」

北斎は目に見えて不機嫌になった。元の絵などお構いなしに、牡丹の花全体を楕円で囲んだ。次に楕円の中心を貫く弧を縦に描き、

「ほら、花の中心に軸が来ねえと、牡丹は咲かねえ。首がもげて落ちちまわぁ」

北斎の言葉遣いが、つくろいのない、ぞんざいなものになっていることも意に介さず、鴻山

は目を輝かせていた。

「さらに、俺なら風を描く」

「風？」

鴻山と文右衛門が同時に尋ねた。

「ああそうだ。こいつは人の描いたもんをなぞっただけだろう？　絵を描く時にはな、まずは目をつぶって頭の中で描けるようになるまで、そいつをじっくり見据えるんだ。どういう造りで、どういう力が働いて、ここに在るのか。色や形を見るのはその後だ」

「造りと力……」

「そうだ。生き物に例えるとわかりやすいかも知れねぇ。造りってのは骨組みだ。……ほら、あの塀の上に猫がいるだろう」

北斎が顎をしゃくらせ、窓の外を示した。鴻山と文右衛門がそちらに視線を向けると、うららかな春の陽気につられたブチ猫が、黒板塀の上でうずくまり、日向ぼっこをしていた。

北斎はおもむろに鴻山の絵が描かれた紙をひっくり返すと、

「まずはあの猫の骨組みを観る。頭の骨と背中の骨、そこから手足がどうつながってるかってな。それが〝造り〟だ」

と、猫の骨組みを線で描き始めた。

「次に、骨に対して肉がどうついて、どう動くか。それが〝力〟だ。力は、丸や三角や四角で描ける」

線の上に図形の中心が来るように、猫の頭と、肩と、関節部分に円を描く。

（『略画早指南』にあった教えだ！）

鴻山の心が沸き立った。

「……で、そいつがつかめたら、皮をかぶせて毛を生えさせ、柄をつける。鳥だって花だって同じだ」

円の中に目、鼻、口を描き、耳をつけ、輪郭を描くと、髭を描き入れ、斑の模様を描いていった。

「なるほど」

鴻山と文右衛門は感心して見入っている。

「そこまでできりゃあ、何も見なくても絵が描ける。造りが頭に入ってりゃあ、多少動きを変えたって平気だ」

北斎が鴻山の次の絵をひっくり返そうとしたので、

「ああっ、少しお待ちを」

文右衛門が慌てて白紙の紙を北斎の前に広げた。北斎が筆を執ってくれることもあろうかと、あらかじめ用意してあったのだ。

北斎は鼻白んだ表情をしたが、いくら下手だと言っても、鴻山の絵を台無しにするのも悪いと思ったのか、黙って白紙に筆を下ろした。

歩く猫、毛繕いをする猫、伸びをする猫、毛を逆立てる猫など、迷いもなくさらさらと描いてゆく。

あまりの見事さに、二人が息を詰めて見つめていると、北斎はおもむろに筆を置いて腕組みをした。

「さて、ここからだ」

「……と、申しますと？」

文右衛門が聞いた。

「ここまでは、修業すりゃあ誰でもできる」

そうだろうか、と鴻山と文右衛門は顔を見合わせた。現に鴻山は、何年も修業してきたが、粉本なしで絵を描くことなどできない。

「真の画工になれるかどうかはここからが勝負だ」

腕組みをしたまま、北斎は、塀の上にいる猫をじっと見つめた。気持ち良さそうに目を閉じたまま、猫はぴくりとも動かない。

「……………」

「……………」

「……………」

「……………」

「……………」

北斎は猫を睨んだまま。その北斎と猫を、鴻山と文右衛門が交互に見つめたまま、時間が過ぎて行った。

　薬缶に入れた水が、煮えたぎるぐらいの時間が経っただろうか。

「あの、先生……」

　沈黙に耐えかねた文右衛門が、身を乗り出して北斎に声をかけた。紹介者として、鴻山を気遣ってのことだ。だが鴻山は、『大丈夫』とうなずき、文右衛門を押しとどめた。

　さらに四半刻もの時間が流れた頃、猫が突然、ぶるんと身体を震わせたかと思うと前足を突っ張り、大きなあくびをした。

　北斎は、捉えたとばかりに紙に向かい、鴻山に教えるため、図形を組み合わせて下絵を描いた。その上に新たな紙を置き、透けた線に合わせて、猫があくびをするさまを、素早く描き上げた。

「猫が、今にも動き出しそうな……」

「全く……」

　鴻山と文右衛門は、それきり言葉を失った。

「これが風を描く、ということよ」

　北斎が得意げに言った。

「はあ……」

　二人は曖昧に頷きながら、改めて外を見たが、春の陽気は穏やかで、風の気配は感じない。

「ああそうだ。どの絵手本帖にも、ここまでのことは書いちゃいねえ。……風、つまりは一瞬一瞬を捉える目を持つってこった。風で花が揺れたり、光が当たったり陰ったり、水が撥ねたり、浪がうねったり……。置物を描いてんじゃねえんだ。自然界のもんは、じっとしていちゃくれねえよ」

北斎は、鴻山が描いた牡丹の絵を己の左前に置き、横に白紙を並べて、似た構図の牡丹を描いた。だが北斎の絵は、牡丹の花が、葉が、茎が、追い風に遭ったようにしなっている。

「俺なら牡丹はこう描く。……なんでこんなもったいない描き方をする？　なんでこの程度で描けたと思うんだ？　全くおんなじ形の花なんざぁこの世にはねえ。そんなこと、物をしっかりと観てればわかるじゃねえか……」

鴻山の絵をけなすというよりも、全ての絵師を相手に北斎は嘆いた。

すっかり乾いてしまっていた料理を前に、鴻山と文右衛門は、ただただうなだれるばかりであった。

この日のうちに、鴻山は是非にと懇願して、全国各地に二百人はいるといわれる北斎の弟子の一人となり、時に北斎を江戸の屋敷に招いて、絵の指導を受けるようになった。

やがて天保の大飢饉に見舞われ、小布施の人々を救済するために、鴻山が故郷に帰ってからも、二人の間で手紙のやりとりは続いた。鴻山は文末に、必ず北斎を小布施に招く一文を寄せ、それが実現したのは、初対面から九年後のことであった。

画狂老人卍《がきょうろうじんまんじ》〈こと北斎・八十三歳〉　天保十三年（一八四二年）

「お久しぶりでございます、高井の旦那様」

ひょいとはげ頭を下げられて、高井鴻山は我が目を疑った。印半纏《しるしばんてん》に麻裏草履《あさうらぞうり》という職人風の出で立ちで、秋草が茂る夕暮れの庭先に突然現れた老人が、北斎だったからである。

「北斎先生！」

鴻山の大声に驚き、一斉に虫の音《ね》が止んだ。裸足のまま庭先に駆け降りると、六尺（約百八十センチ）もある長身を屈め、北斎を見上げる形で両手を取った。

北斎も同様に六尺の大男だったが、長年うつぶせて炬燵に潜ったまま、絵筆を執り続けていたために背中は丸く曲がり、年齢に似合わぬ健脚でありながら、天秤棒《てんびんぼう》を杖代わりにして歩く姿は、壮年の頃に比べるとずいぶん縮んで見えた。

「ありがたい。ようはるばる、この北の地までお越しくだされた」

感激のあまり、鴻山の声が震えている。

江戸からここ、信濃《しなの》国高井郡小布施村までの距離は六十一里（約二百四十キロ）。舟運を利用して上州《じょうしゅう》倉賀野宿《くらがのしゅく》に至り、中山道《なかせんどう》を経由して浅間山《あさまやま》・鳥居峠《とりいとうげ》を越えて信州に入り、菅平《すがだいら》・仁礼《にれい》宿・須坂《すざか》を経て、八日間もの長旅である。

鴻山は北斎から、『再三のお招きに応じ、小布施に参りたく候』との書簡を受け取るや、すぐさま江戸に迎えを出したものの、本当に八十三歳にもなる老人が小布施まで来られるのかどうか、半信半疑の心持ちであった。しかも書簡を受け取ったのは五日前……ということは、飛脚がかかった日程を差し引くと、北斎は手紙を出すと同時に旅立ったことになる。

ここまで一人で来られたことも驚きなら、早すぎる到着にも虚を突かれた。あれやこれやともてなしの趣向を思案するばかりで、まだ何ら具体的に、北斎を迎え入れる支度ができてはいないのに……。

「加津《かづ》！　北斎先生がお越しになったぞ！」

焦る心を押し殺し、鴻山は座敷を振り返って奥方の名を呼んだ。

衣擦《きぬず》れの音が近づいてきたかと思うと、開いたままであった襖の陰から、妻の加津が姿を現した。

「あらまあほんに、北斎先生ではございませぬか」

加津は口元に手の甲を添え、ほほと笑った。

「呑気に笑うておる場合か！　早う洗い桶を。急ぎ風呂も用意させよ！」

「かしこまりました」

深々と頭を下げ、加津は口元に笑みを残しながら部屋を後にした。

加津は、長く垂れ下がった耳を持つこの老人の、普段の姿を知っている。礼儀正しく、上品ぶって納まっている今の姿とはほど遠い、破けた着物を着た、だらしない姿だ。

昨年末、夫の使いで、回向院の近くにある北斎の仮宅に歳暮を届けた際、反古と塵芥《じんかい》に埋もれた凄まじい部屋を見た。また、煙管を片手に片膝を立て、絵を検分している顎の張った中年女と、亀のように炬燵を背負ったまま蠢《うごめ》く老人を見た。

ぎょっとしたものの、夫が崇拝する先生に失礼があってはなるまじと、丁寧に挨拶をし、小布施の名物である栗菓子を届けた。さらに、夫を幻滅させぬよう、このことは鴻山に話さなかった。


加津の姿が視界から消えると、北斎は鴻山に勧められるまま、縁側に腰を下ろした。

鴻山は北斎の側に控えながら、どのような気まぐれで老絵師が訪ね来てくれたものか、測りかねていた。本心から来て欲しくて招いたのだが――百聞は一見に如《し》かず。己の権勢を誇示するつもりはないが、ただの弟子ではなく、数ある支援者の中でも、最も北斎に貢献できる存在であることを見て欲しかった。

酒造業で財を成した、小布施きっての豪商である高井家は、かつてこの地が深刻な飢饉に陥った際、当時の当主であった祖父が、村人に蔵を開放したことで、人々の尊敬と信頼を得ていた。

――大坂や名古屋の、師の名声を利用して、一儲けしようとたくらむ商人たちとは違う。わしは小布施の町に、筆先一つで森羅万象を描き尽くす、偉大な師の技と魂を残したいのだ。

また、招くからには迎えをつけて、北斎に一歩も歩かせぬぐらいの、大名ばりの旅を楽しんでもらうつもりであった。存分に絵を描いてもらうために、その間に庵《いおり》も建てて、何不自由のない日々を過ごしてもらいたかった。それなのに、このような無防備な有様で迎え入れねばならぬとは……。

再会を喜ぶ反面、もてなしの心が伝えられなかったことが悔しかった。

「先生、迎えが間に合わず、ご無礼申し上げました。道中、さぞや不自由をおかけしたのではございませぬか」

「なに、四十を過ぎてからは常に旅と共にある身。心配はご無用。気候も良く、のんびりとした一人旅じゃったゆえ、ゆく先々でゆったりと湯に浸かりながら紅葉を眺め……。日々、身体ばかりか心も洗われるようでございました。牛に乗って峠を越えたのも初めてのこと。少々腰が疲れましたが、おおむねつつがなく、おもしろき旅でございました」

善光寺《ぜんこうじ》から先は急な峠になっており、幼い子供や老人は、昔から牛に乗って峠を越えるのが定石《じょうせき》だった。

「それはようございました。すぐに風呂が沸きますゆえ、まずはゆるりとくつろいでくだされ。明日には腰に効く、温泉にお連れいたしましょう」

「おお、それはありがたい」

下女が、ぬるま湯を張った桶を運んできた。鴻山は庭に降り立ち、手づから北斎の足を洗おうとした。

「もったいのうございます」

北斎は鴻山の手を制し、自ら草履を脱いで桶に足を入れた。足指の感覚が戻って来たものか、心地よさげに目を閉じていた。

天保十三年（一八四二年）のこの年、北斎には、江戸に居られない事情があった。天保四年から七年間に渡って続いた『天保の大飢饉』から復興すべく、老中・水野忠邦《みずのただくに》が『天保の改革』を行ったのだが、その一環として、好色本および、役者・遊女・芸者などを描いた錦絵の販売が禁止された。

年が明けてすぐ『人情本出版禁止令』が発布され、二月には戯作者の為永春水《ためながしゅんすい》が、人情本の『春色梅児誉美《しゅんしょくうめごよみ》』で手鎖の刑を受けた。さらに六月には柳亭種彦《りゅうていたねひこ》作・歌川國貞《うたがわくにさだ》画の大人気作『偐紫田舎源氏《にせむらさきいなかげんじ》』の版木が、風紀を乱すものとして没収された。種彦と懇意にしていた北斎は、筆禍が己に及ぶ前に、慌てて三浦《みうら》半島の浦賀《うらが》に身を隠した。

一ヵ月ほどして江戸に戻ってみると、錦絵や娯楽本を主に扱う江戸の地本問屋は瀕死の状態にあった。仕事の依頼が激減した上、未だほとぼりは冷めやらずで、過去に手がけた作品が災いする恐れもあった。

「こんなとこに居て、満足な絵が描けるわけがねえ。お栄、小布施に行ってくる！」

北斎は江戸を見限って、鴻山のところに身を寄せたのであった。

――見ろよ、この屋敷の立派なこと。江戸に比べりゃあ、ここは極楽だ。

いつしか辺りを薄闇が包んでいる。涼やかな秋風に乗って、虫の音が聞こえ始めた。

「こりゃあ、真に極楽じゃわい」

快《こころよ》さの余り、思わずひとりごちた。

露天風呂に首まで浸かりながら、北斎は頬を撫でる冷気のピリピリとした感触を楽しんでいた。

江戸より遥かに寒いこの小布施の地では、秋だというのに、朝夕はすでに凍えるようだ。こういう寒さを「しばれる」と、こちらの人々は表現する。

高井鴻山は、高齢の北斎を細々《こまごま》と気遣ってくれ、火を絶やさないでいてくれるので、寒いからといって辛さなど感じたことはない。むしろこの寒さを珍しいものとして、積極的に味わってさえいた。

――年が明けて暖かくなったら、アゴを呼んでやろう。

北斎は時々、お栄のことを「アゴ」と呼ぶ。元より下顎が張った顔立ちだったが、歳を重ねてますます突き出してきたように思う。

始めは心中で呼んでいただけだったが、何かの理由でむしゃくしゃしていた折に、「おい、そこのアゴ！」と思わず口に出してしまったがあとの祭りだった。

ところが本人も四十を過ぎて開き直ったものか、「おう」と何食わぬ顔で返事をした。以来、「お栄」や「応為」と呼ぶより口が楽なので、急いでいる時や機嫌が悪い時には「アゴ」呼ばわりしている。

お栄もきっとこの地を気に入るだろう。なによりこの下にも置かないもてなしぶりは、絵を描く以外のことは何もやりたくない父娘にとって、極楽に等しい。

食事はいつも定食屋から取り寄せ、茶も隣家の小僧に小遣いをやって淹《い》れさせている。掃除をしないからゴミが溜まり、足の踏み場がなくなると、身の回りのものだけ持って引っ越しをする。そうやって父娘は、度々転居を重ねてきた。

一度など、かつて住んでいた家を数年ぶりに借りたところ、自分たちが残していった塵がそのまま残っていて、驚いたことがある。

北斎の名声の陰に隠れていて目立たないが、お栄の絵の力量が相当なものであることは、北斎一門や出版界の人間は誰もが知っている。ましてや老いぼれた今となっては、お栄の手助けがなくては、北斎の仕事は成り立たない。

実を言えば、『富嶽三十六景』を出して以降、自分が世に出した作品の大多数は、お栄との共作、もしくはお栄の代筆であった。

――お栄を託すんなら、鴻山しかあるめぇ。

北斎は、下弦の月にお栄の横顔を重ねた。

「先生、いつまで小布施に滞在していただけるのでございますか？」

湯から上がった北斎を晩酌でもてなしながら、高井鴻山が尋ねた。

「そうですな。しばらくはゆるりと過ごさせていただこうかと……」

周囲には下戸と偽ってはいるが、気の置けない鴻山の前では隠し立てせず、酒を受けてきた。

「それはありがたい。少なくともひと冬は越していただけるのでございますね。ではその間に、急ぎ画室を建てましょう。先生にはそこで存分に、絵を描いていていただきたい」

「ありがたき哉《かな》」

北斎は上機嫌で酒を飲み干した。膳の上には山国らしく、茸《きのこ》や川魚や鹿肉を使った料理が並べられている。

「必要な物があれば、なんでも言うてくだされ。先生には、何不自由なく過ごしていただきたい。また明日には町の人々を集め、当家の客人として、お披露目させていただきまする」

「全て旦那様にお任せ致します」

北斎は恭しく頭を下げた。

――おいおい。画室を建ててくれるってよ。

江戸ではお栄と二人で仮宅暮らし。足の踏み場もなくなると近所に引っ越す、という生活を送っていた北斎にとっては、小躍りしたいような申し出である。

――遠路はるばる来た甲斐があったってもんだ。

それに、披露目もしてもらえれば、高井家の客分として、どこに行っても丁重にもてなしてもらえるし、うまくすれば障壁画の依頼も来るかも知れない。

鴻山には言わなかったが、実は小布施に来るまでの長旅で、北斎はいろいろと面倒な目に遭って来た。

紅葉の時期ゆえ、景色や食べ物は素晴らしかったのだが、いかんせん、人々が北斎のことを知らない。富士山が見える海沿いの地や、西に旅をした時は、『冨嶽三十六景』や『東海道五十三次』の連作を描いたこともあって、宿場宿場で歓迎されたのだが、これまで縁がなかったせいか、信濃路には苦労した。

「こんな年寄りが一人で旅するのは危ない」

「何かわけがあって逃亡中の身の上ではないのか」

と詮索され、関所で何度も止められた。

年寄りの一人旅の不自由さが身にしみた北斎だったが、だからと言って、案内役に付き添われるのも面倒だ。

気になる景色や物事に出くわした時、自由に足を止めて写生をしたい北斎は、人を待たせる気遣いをしたくはなかった。

——やはり、次に来る時はアゴと一緒だな。

お栄ならば、身の回りの世話も気楽に頼める上に、北斎が「行こう」と言うまで、黙って隣で、同じように絵を描き続けていてくれるだろう。

「お師匠さまぁ、あーそびーましょ！」

「先生、遊んでぇ！」

庭先から、子供たちが呼ぶ声がする。

――来たか。

鴻山の屋敷の敷地内に建ててもらった、青いさざなみを意味する『碧漪軒《へきいけん》』は、十坪ほどの二階建ての屋敷であった。布団にくるまりながら北斎は目覚めた。

――昨夜はちぃと、根を詰めすぎたわい。

鴻山のために絵手本帖を作ろうと思い立ち、あれこれ描くうちに興が乗り、気づけば雀のさえずりが聞こえていた。筆問所を終えた子供たちが来たということは、もはや八つ刻（午後三時頃）を過ぎているはずである。江戸にいたなら周りがうるさくて、夜更かしなどできないが、ここは燃料もふんだんにあるし、誰も北斎を咎める者はいない。

北斎はのろのろと夜着に袖を通して起き上がった。

「うぅっ、さびぃ！」

日中と言えど、さすがに北の地だけあって、空気が凍っている。

北斎は火鉢に炭を足し、息を吹き入れて熾火《おきび》をおこした。手をかざして、部屋が温まるのを待つ。その間にも、

「先生ーっ、いないのぉ」

「お絵描き教えて！」

子供たちの声はかまびすしい。

北斎はやれやれと、床の間に置いた文箱を取り出し、半紙を広げて墨をすり始めた。頃合いと見るや、筆をたっぷりと墨に浸し、一気に獅子舞の絵を描き上げた。片手に扇子を、もう一方の手に大麻《おおぬさ》を持って、踊り狂っている姿だ。

——よし。

これを描かないと一日が始まらない。北斎が厄除《やくよけ》の願掛けとして日課にしている『日新除《にっしんじょ》魔《ま》』の獅子の絵だ。日付を書き込んで縁の下に投げ入れると、立ち上がり、北側にある障子を開けた。老人にも使いやすいよう、その先の雨戸は折り戸式に作られている。

雨戸を開けたとたん、溶け残った雪を反射したまぶしい光と、子供たちの笑顔が飛び込んで来た。

「先生、今起きたの？」

「寝坊助先生、やーい」

北斎に会えたのが嬉しくて仕方がないらしい。数人の子供たちがはやし立てながら飛び回っている。

「寒いから早く入っておいで」

北斎が声を掛けると、子供たちが「わぁーっ」となだれ込んで来た。すぐさま障子を閉めて、北斎は火鉢の前に陣取った。

——子供は風の子とはよく言ったもんだ。ようもまあ、裸足で平気なもんだ。

北斎は子供が好きだ。無邪気な才からは学ぶところが大きいし、生気の塊のような子供たちといると、自分も活力が湧いてくるような気がする。

いつもこの時刻、北斎は忙しい大人たちに代わって、村の子供たちの面倒を見ていた。ある時は、鴻山の薬草園の花を写生させたり、正月には凧《たこ》の絵を描いてやったりした。特に子供たちは、動物や妖怪画を好むので、描き方を教えると共に、描いたものを与えてやると喜んだ。

勝手知ったるなんとやらで、子供たちは早くも紙を広げ、墨をすり始めている。その様子を目を細めて眺めながら北斎は、物の形を写すのが面白くて仕方がなかった、自身の子供の頃のことを思い出していた。

この子たちにとって、今はまだ、お絵描きは遊びだ。だがこれを生業《なりわい》にしてしまうと、つまらなくなったり、限界を感じたりして、苦しみ、もがく日が必ずやってくる。

無から有を生み出す、この仕事は不枯《ふこ》の泉だ。描いても描いても、尽きることがあってはならない。それでも、自分やお栄がそうであるように、この子たちの中から、ずっと絵を描き続ける子供が出ればいいと思う。歳を取れば取るほどそう思う。

北斎は全国にたくさんの弟子を持ってはいるが、『北斎漫画』などの絵手本帖を売り出し始めた当初の理由は、

——俺は忙しいんだから、勝手に描いてくれ。

であった。だが『冨嶽三十六景』で評判を取った後、その勢いのまま自身で描いた絵本『富嶽百景』を出したことで、何かが変わった。摺り上がって形になったものが、ようやく頭に思

い描いたものに追いついたのだ。それはつまり、思うように描けるようになった、ということだ。

北斎は『富嶽百景』の跋文《ばつぶん》に、

『己六才より物の形状を写の癖ありて半百の此より数々画図を顕すといえども七十年前画く所は実に取るに足ものなし　七十三才にして稍《やや》禽獣虫魚の骨格草木の出生を悟し得たり　故に八十才にしては益々進み……』

……で始まる決意表明を書いていた。

六歳から絵を描いていたが、七十歳までに描いたものは実につまらない。七十三歳になってやっと生き物の骨格や草木の生え方を捉えられるようになった。八十歳になれば益々腕を上げている、と。さらにこの先は、年齢ごとに段階を上げてゆき、百歳を超えれば、一つの点さえも生きているように描けるだろう。これが世迷い事ではなく本気だということを、長寿の神様にご覧いただきたいものだ、と結んでいる。

七十五歳の時に北斎が描いたこの『富嶽百景』は、『富嶽三十六景』を凌駕する自信作だった。これを描くまでは、自身の道を極められればそれでいいと思っていたが、この域に達して初めて北斎は、己が研究し尽くしてきた技法の全てを、正しく後世に残さねばと考えた。

弟子ばかりではなく、こうして絵を描くことを楽しんでくれている子供たちのためにも、だ。

また跋文で宣言した八十歳をとうに越えた今、果たして北斎の腕は、確実に上がっていると言えるだろうか。

年々、目が見えづらくなり、手が震える。奥義を極めれば、細かな仕事などどうでもいいと思えるようになるのだろうが、それまでは、身体の老いに打ち勝つだけの気力を、奮い立たせねばならない。

意気を持って描き続けるには、常に昂ぶりが必要だ。昂ぶりがあるからこそ、梯子《はしご》を上がり続けていられる。昂ぶりは時に、名声や地位や金を得ることでもあるだろう。息を呑むほどの美しい光景を目にすることも、火事や雷、大風《おおかぜ》、津波といった自然の脅威に怯えることも、喜怒哀楽の感情が揺さぶられることも昂ぶりだ。

だから自分は、描き続けるために旅を好むのだと思う。日常から逸脱して、昂ぶりを求める旅に出るのだ。

第六章

葛飾応為　天保十五年（一八四四年）〈北斎・八十五歳〉

――なんでだろう。富士の山ってのは、いくら眺めても見飽きないね。雄々しくて、清々しくて、見ているだけで、心が晴れやかんなる。これだから、親父殿が描いた富士の連作が、あれほど世の中に受け入れられたんだろう。

帆掛け船の甲板に立ち、夏の陽射しを浴びながら、お栄は晴れ渡った空に浮かぶ富士山に見惚れていた。

坂東太郎《ばんどうたろう》の異名を持つ利根川《とねがわ》を北上するこの船は、江戸の茹《う》だるような蒸し暑さから、お栄を解き放ってくれる。

四十歳を過ぎてからというもの、めまいや耳鳴りがしたり、急に心の臓の音が大きくなったり、のぼせて汗をかいたりするようになった。普段からそうであるのに、今年の暑さときたらたまらない。身体が半分溶けたようになって、寝床から出られなくなる時があるくらいだ。

川面を切って走る船の、頬に当たる風が心地良い。白い鬢《びん》がほつれるのも構わず、お栄が心を浮き立たせていると、

「あんた、危ねえから座りんさい」

船頭が声をかけた。

父親の北斎は元より、他の乗客たちも皆、旅慣れたもので、陽射しを避けた屋根の下で、大人しく身を寄せ合っている。だが船旅が……いや、船旅どころか、客船に乗るのも、旅をするのも初めてというお栄にとっては、見るもの全てが新鮮だった。

五十半ばのこの歳になって、江戸を離れる日が来ようとは思ってもみなかった。

「小布施に行くから、お前もついて来なさい。今度は長逗留になるから、そのつもりでな」

本所亀沢町榛馬場《はんのきばば》にある、幕府の御米蔵に面した長屋で、手土産にもらった軍鶏鍋《しゃもなべ》をつついている時、北斎から突然告げられた。最初は戯言《ざれごと》かと思った。これまでの旅でも、「一緒に来るか？」と問われたことはあったが、出不精のお栄にとって、一日中歩いて知らない土地に行き、見知らぬ屋敷で寝起きすると考えただけで面倒さが先に立ち、首を縦に振ったことがなかった。

北斎がどれほど、

「実際に見る景色はこんなもんじゃない。もっとずっと雄大で、息を呑むほど美しく、神々しいもんだ」

と語っても、まるで興味が持てなかった。お栄にとっては、全てが隙なく配置され、緊張感

とおかしみを持った、北斎の作り込んだ風景画を見ている方が好きだし、それで十分だと思っていた。

だが今回の旅は、問いかけではなく命令だった。まるで転居するかのごとく、借家も家財道具も全て返してしまえという。大仕事が入ったというが、一体どれくらい向こうに滞在する気なのだろうか。


二年前の秋、北斎が初めて小布施に行き、一年あまり経って帰って来た時には、行く前のしょぼくれた様子は微塵もなく、見違えるように肌艶も良く、身なりも立派になっていた。北斎の信奉者である高井鴻山が、いかに手厚く父をもてなしてくれたかが、目に浮かぶようだった。全国を旅して、弟子という名の信奉者や、支援者を作って来た北斎は、どこに赴いても、それなりに大先生として接待を受ける。画室を用意され、半年ほど一箇所にとどまることもある。だが、父が上機嫌で語る小布施の土産話は度を越していた。鴻山は北斎のために、画室兼用の家を、高井家の敷地内にわざわざ建ててくれたという。地元の有力者たちにも紹介され、肉筆画の注文は引きも切らず。それでいて、向こうでは北斎が金を使うことなどまずないので、相当な財を蓄えていた。

「このご時世に、あるとこにはあるもんだねぇ……」

北斎が炬燵布団の上にぶちまけた、財布の中身を見てお栄は唸った。北斎の留守中にお栄がせっせと代筆した画料を遥かに超えていた。

天保の改革の影響で、江戸では肉筆画どころか、私製版の摺物の依頼さえ減っている。あるのは錦絵か挿絵の依頼ばかりだが、それだとて、風紀を乱すなという幕府の意向の元、絵柄も摺り色も制限された、つまらない仕事しかない。こうなると逆に、北斎一門は画料の高さが仇となり、依頼が激減するのだ。

「小布施はいいぞ、お栄。わしの手が空くのを、みんな待ってくれとる。じゃが、八十を超えての一人旅はさすがにこたえる。次はお前も一緒にな」

珍しく笑顔を見せたその時には、まさか本当に「次」が実現するとは思ってもみなかった。

――もしや親父殿は、死に場所を探しているのではなかろうか？

前回でさえ、無謀な旅の帰りを待ちながら、そんなことまで考えていたお栄である。寿命を察知した猫が人知れず姿を消すように『大北斎』たる父は、死に際など人に見せたくないのではないか、と。

だが、二度目の小布施行きを決めた北斎に、死の影は微塵もなかった。寿命などどこ吹く風と、意気揚々と旅立ちの準備を整えていた。

当初は億劫《おっくう》さが先に立ち、気乗りしなかったお栄だが、江戸の暑さから逃れたかったのと、上州倉賀野宿までは船で行くと聞いて、俄然楽しみになっていた。二泊分の船賃は一人六〇〇文と高額だが、江戸から小布施までの道中の、半分の距離は歩かなくて済むのだ。

「お前も入れて二人分、船賃も宿代も、全部用意してくれるそうだ。そっから先は、峠を二つ三つ越えなきゃならんが、なぁに、気に入った景色を写している間に着くじゃろう。松井田宿《まついだ》から中山道を外れた先に、見事な滝があってな。なんと、滝の奥の洞窟に入って、裏見ができるんじゃ」

お栄の食指が動いた。滝の裏側というものを見たくなった。

「仙人の仙と書いて『仙ヶ滝』と言うんじゃが、名前の通り、その水を飲めば、仙人のごとく不老不死になると言われておる。わしが今、こうしてピンピンしとるのも、仙ヶ滝の水を飲んだおかげじゃ。お前も飲め。飲んで、わしと共に生き、描き続けるんじゃ」

お栄はまじまじと父の顔を見た。この生への執着心にはいつも感心する。妻も子も先に死んでいったというのに、北斎はどれだけ生きれば気が済むのだろう。

■

北斎はかつて二度、中風《ちゅうふう》で倒れている。一度目は確か、六十代の終わりのことだった。この年、北斎は妻のこと女と娘のお猶――お栄にとっては母と妹を続けざまに亡くし、気持ちが弱っていた時だ。

オランダ商館長ブロムホフから頼まれた絵巻物の下絵を描いている途中、突如倒れ、手足が痺れて動かなくなった。お栄はあれほど怖い思いをしたことはない。母と妹が、北斎を黄泉《よみ》の国に連れて行くのではないかという不安に苛まれた。

『これまで独り占めしたことは謝るから、どうか連れていかないで!』

必死に祈った。いいというものはなんでも試し、懸命に看病した。清《しん》の書物に、柚子《ゆず》を煮詰めて食べさせればいいと書いてあると教えてもらい、毎日それを作って食べさせ、手足を揉んでは『動くようになりますように』と祈った。

本格的に川柳を始めたのもこの頃だ。幸い頭はしっかりしていたので、何か頭を使うことをした方がいいと言われ、『女郎花会《おみなえしかい》』という北斎一門の会を作り、皆で病床の北斎を囲んで川柳を詠み合った。

お栄の必死の看病のおかげで、北斎は奇跡的に回復し、後遺症も残らなかった。このことがきっかけで、一時はよそよそしかった二人の絆がより深まったように思う。お栄は改めて北斎を失う怖さを知ったし、北斎はお栄によって、命も、命より大切な絵も失わずに済んだ。

やがて画業が再開され、ブロムホフから頼まれた、日本人の男女それぞれの一生を描いた一対の絵巻物も、無事期日までに仕上げることができた。

ところがこれが、思わぬ事件に繫がった。

依頼を受けたのは四年前で、長崎の出島に暮らしていたブロムホフは、将軍謁見の折に北斎の仕事場に立ち寄り、「四年後に、後任のオランダ商館長がまた、将軍に挨拶に来るので、その時に絵を受け取りに来させる」という約束で、前金百五十両を置いて行った。

この代金のおかげで、中風を患った北斎は飢えずに済んで助かったのだが、絵巻物を受け取りに来た、新任の商館長ステュルレルと船医のシーボルトが絵の出来映えに感動し、自分たちにも描いてくれと頼んできた。ひと月ほど江戸に滞在するので、その間に仕上げて欲しい、と。合計三百両という大仕事を一門で喜び、北斎は高価な絵具をふんだんに使い、どこに出しても恥ずかしくない立派な絵巻物を仕上げた。

けれど、この四巻を二人の宿泊先に届けたところ、ステュルレルは出来映えに満足し、百五十両をすぐに支払ったが、その後シーボルトから話があると部屋に呼ばれ、行ってみると、商館長に内緒で半額に負けろと言って来た。

絵巻物は素晴らしいが、自分とキャプテンとではそもそも収入に雲泥の差がある。同じ物を描くのに手間はそれほどかからなかっただろうから、と。

北斎はこれに激怒し、

「ふざけんじゃねえやこの野郎！　報酬の違いなんざ俺の知ったことか！　七十五両しか払う気がなかったんなら、なんで最初にそう言わねえ！　絵具の質を落とすなりなんなり、工夫はできたんだ」

と怒鳴りつけた。通訳が慌てて訳すと、あまりの剣幕に怯えた船医は、

「それなら七十五両で女性の方だけ買います」

と言ったところ、さらに怒りに火がついて、北斎は二巻とも引き上げてしまった。

「三百両、手に入ったかい？」

お栄が聞くと、「いいや」と北斎はぶっきらぼうにこたえた。絵を手伝った弟子たちも、こ

のやりとりを遠目に見守っている。

「どうして？　まさか、気に入られなかったのかい」

「そうじゃねえ。キャプテンはすぐに買ってくれたんだが、船医が半分に負けろとぬかしやがった」

「それで？」

「それでって？」

「もちろん、負けたんだろうね。半分でも、全部で二百両以上にはなるからね。値切られるのは、まあしょうがないさ。絵具代の支払いもあるから、もったいつけてないで、早く見せておくれよ」

北斎は、懐から袱紗《ふくさ》を取り出して、お栄に渡した。

「……なんだい、これ？」

袱紗には、百五十両しか入っていない。

「なんで売ってこなかったんだい？　日本人の男女の一生なんて、どれだけ絵が素晴らしくったって、日本人には興味のないもんだ。ここで売らなきゃ、手元で埋もれることになるよ」

金に頓着しない父親に代わって、台所を預かっているお栄にとっては一大事だ。だが北斎の矜持は、これを良しとしなかった。

「そんなんだからオランダさんに舐められるんだ。あんな勝手な理由で船医のわがままをきいた日にゃあ、きちんと百五十両払ってくれたキャプテンに申し訳が立たないだろうがよ」

弟子たちが『やれやれまた師匠のわがままが出たか。姐さんなんとか言ってくださいよ』という気持ちでお栄を見たが、

「なるほど、親父殿の言う通りだ」

お栄があっさり折れたので、皆、ため息をついた。これでは自分たちの画料など払ってもらえないかも知れない。

果たしてその翌日、北斎の志を意気に感じたステュルレルが、残りの二巻も売ってくれと百五十両持参で仕事場を訪ねて来た。シーボルトも、自分の発言はあなたたちへの侮辱行為だったと、一緒に謝りに来た。

北斎は快く彼を許し、新たに次々と注文を頼まれるようになったのだが……。

■

文政十一年（一八二八年）、シーボルトは日本地図を自国に持ち帰ろうとしたのを見つかり、国外追放の上、再渡航禁止の処罰を受けた。関係した幕府の天文方《てんもんかた》や書物奉行が大勢処刑される大事件となった。

いわゆるシーボルト事件である。

没収された品々の中に、北斎が注文を受けて描いた物も混じっていた。

処罰されては大変と、北斎は前年から二度目の中風を患ったことにして、二年間、世間を欺

き通した。

　おかげでことなきを得たが、あれから十五年以上が経って、北斎は八十五歳、お栄も五十四歳になった。北斎亡き後の己の人生を考えると、突然地面が崩れ落ちて、真っ暗闇の中に落ちてゆくような空恐ろしさを感じる。長生きをしたいと思ったことはないが、生涯を北斎と共に在りたいと思う。

　北斎のそばで絵を描くこと――。

　それが無上の喜びであり、お栄にとっての幸せなのだから。

　九十九川《つくもがわ》の上流にある『仙ヶ滝』に着いた時、お栄はまず正面から滝を眺め、その迫力に圧倒された。突き出した崖から落ちる大流水が、高さ八間以上（約十五メートル）下にある滝壺めがけて垂直に落下する瀑布であった。叩きつけられる水流で瀑声が響き渡り、大量の飛沫が煙のように滝壺を覆っている。

　滝口を見上げると、崖の上には木々が立ち並び、切り取られたような薄水色の空に、刷毛でスッとなぞったような雲がたなびいている。

　北斎が何か言ったが、瀑声で聞き取れない。

「なんだって⁉」

　己の耳たぶの裏に手を当て、北斎の口元に近づけた。

「この道をゆけば、滝の裏に入れるぞ！」

「わかった。行こう！」

お栄は北斎の片腕をガッチリと支え、えぐれた岩肌に沿って、石仏が並ぶ滝の裏に回り込んだ。

裏側から見る滝は、光の加減か、表から見るより透明だった。ギヤマンを透かして見るような景色が、流水の向こうに広がっている。細かな飛沫が顔に当たるのも心地よく、濡れるのも構わず、二人はその場に座り込んだ。

しばらく滝を眺めていると、瀑声が気にならなくなってきた。流水に気分も洗い流されたようで、何やら清々しい。

「親父殿！」

思わず弾んだ声が出た。

「なんじゃ？」

北斎が億劫そうに見返してきた。

「人は、死んだらどうなるんだろうね」

「そりゃあおまえ、仏様に導かれてあの世に行くに決まっとる」

「あの世ってどんなとこだい？」

「聞くところによると、雲の池に大きな蓮の花が咲いておって、人々の魂が気散じに、葉の上に集まってしゃべくりを楽しんだり、花に腰掛けて釣り糸を垂らしたりしとるらしい」

「雲の池で、いったい何が釣れるんだい？」

「さて。亡者でも釣れるのかも知れんな」

北斎は目を細めて遠くを見上げた。

「あの世では、肉体がないから病も飢えもない。のんびりと、何の憂《うれ》いもなく過ごせるんじゃそうじゃ」

「それって退屈じゃないのかい？」

「そんなもん、退屈に決まっとる」

北斎が呵々《かか》と笑った。

「わしはまだまだあの世にはいかん。描き足りとらんのでな。今生の修業をまだ終えておらんのじゃ。……だが、皆に会えるのは楽しみじゃて」

「皆って？」

「先に逝ったみんなじゃよ。身内はもとより、春章や春潮、蔦重に一九……それも、己が望む年頃の姿でいられるそうじゃ。ほれ、英泉だって近いかも知れんぞ」

三十を前に根津の娼家の主人となり、その後日本橋に移り住んで随筆など書いて暮らしていた英泉は、病に侵されて寝たきりだと聞いている。

「善次郎か……若い頃の善次郎になら会いたいな」

「なんじゃおまえ、やっぱりあいつに惚れとったのか」

北斎がニヤついた。その顔を見ているとムッとして、鼻を明かしてやりたくなった。

「惚れるってほどじゃないさ。何度か同衾しただけだ」

「同衾じゃと？　お前……英泉とやったのか⁉」

「うん」

それがどうした、と言わんばかりにお栄はうなずいた。

「けどあいつは、おまえとはできんと言って……。ありゃあ嘘だったのか？　二人して、わしに隠れてコソコソと！」

北斎が本気で怒るのがおかしかった。

■

もう三十年も前になる。お栄が、北斎と英泉の話を盗み聞きし、茶店から逃げ出したあの日――。

市中をさまよい、意を決して陰間茶屋に入ろうとした瞬間、英泉がお栄の手を捉えた。

「こんなこったろうと思ったぜ。……来な！」

いつになく強い口調で英泉は言い、お栄を陰間茶屋の中に引っ張っていった。

「菊之助《きくのすけ》はいるか」

出迎えた女将が、

「おりますが、お客様が……」

みなまで聞かず、英泉はお栄を二階に引っ張ってゆき、目指す一室の襖を開けた。

「善さん！」

振袖を着た、菊之助と思われる陰間と客が、仲睦まじげに酒を酌み交わしていた。

「悪ィ、菊。部屋貸してくんな」

英泉が頼むと、菊之助はちらりとお栄を見て、心得たとばかりに客を促した。

「ねえ旦那。ちぃと座敷を換えやしょう」

しなだれかかられた客の方も状況を察したようで、素直に菊之助に従い、お栄と英泉の横をすり抜けていった。

二人の物分かりの良さに感心しながら、お栄は、

——女だけじゃなく、善次郎め、陰間も食ってたのか。

——床入り前だから良かったものの、始まってたらどうするつもりだったんだろう？

などと、ぼんやり考えていた。

善次郎は後ろ手に襖を閉めると、お栄をヒョイと抱え上げ、布団の上に横たえた。そのままお栄に覆い被さり、眉間に皺を寄せてまっすぐに見下ろした。

「師匠の手前、ああは言ったが、陰間にくれてやるぐらいなら、おいらが相手をさせてもらいやす」

英泉はお栄の手を取ると、中指を口に含んだ。二種類の筆を同時に構え、中指を軸にくるりと入れ替えながら描くことも多いため、お栄の中指には肉筆画を描く絵師特有のタコができている。英泉は指を含んだまま、舌先でタコをなぞった。

「あ……」

その瞬間、ぞくりとお栄の身体が震えた。

「あいつらに、姐さんの価値はわからねえ……」

そのまま英泉は、お栄の掌に舌を這わせた。


夫であった等明との、即物的な交わりとは全く異なる、丹念で繊細な営みに、お栄は次第に高まり、遂には己の身体の在処《ありか》を見失った。どこをどう触れられているのか、どこから快美がもたらされているのかわからず、ただふわふわと浮いているような……。

ひたすら喉が乾き、英泉の頬を両手でがっしりと摑んでは、口を吸い、唾液を貪《むさぼ》った。

等明とは、口吸いなどしたことがなかった。遊女は間夫にしか唇を許さないというが、お互いにそうしたいと望まなかったということは、いかに情のない夫婦だったのかが知れる。

英泉がお栄の中に入ってきた時も、等明との時のような痛みや苦しみはなかった。

お栄の腹の上に放たれた飛沫を丁寧に拭き取られ、肌着でくるまれ、英泉に抱きしめられて眠る頃には、憑き物が落ちたかのような、さっぱりと穏やかな気持ちで満たされていた。知恵板（積み木）の最後の一片が、カチリと枠に収まったような感覚だった。


「実を言うと俺ゃあ、一人の女に縛られたくねぇってのが本心で。だからお栄さんとの縁談を断らせていただきやした。どうか、このことは師匠には内密に……」

早朝目覚めた時、英泉が頭を下げた。

夫婦であろうがなかろうが、そんなことはどうだっていい。枕絵を何枚か描いていて、もっと情欲が膨らむ物語や姿態がないだろうかと想像を巡らせるうち、してみなければ始まらない、という気持ちになってきた。

――あたしが喜びを知らないんじゃ、人様を喜ばせる絵なんて描けるはずがない。

そう思い詰めた挙句、北斎に縋った。この世で一番頼りになり、常識に捉われず、絵のためならなんでもやる男だと思っていたからだ。ましてや二人の間に血の繋がりはないのだし、世間さえ欺けば何ほどのこともない、と。

だが北斎は、穢《けが》らわしいものを見るかのような目でお栄を罵《ののし》り、逃げ出した。

――その程度か、親父殿。

お栄の失望は計り知れなかった。

英泉とはそれから幾度か、陰間茶屋を借りて逢瀬を重ねた。出合茶屋だと、女にバレるとうるさいから、というのが陰間茶屋を使う理由だった。男遊びは許されるらしい。

だが、お栄はすぐに飽きてしまった。飽きたというより、気が済んだ、という方が近いかも知れない。英泉と何度身体を重ねても、最初の逢瀬を超える昂ぶりが得られなかったからだ。あの一夜の記憶があれば、さまざまに想像を飛ばして、枕絵を描き続けることができる。

英泉も、もはや己が求められていないことを察したのだろう。お栄の「もういいよ」の一言で二人の関係は終わった。

■

目を剥いて睨みつける北斎を見て、お栄は吹き出した。

「いいじゃないか。昔のことなんだし」

北斎は表情を緩めた。

「お前のワ印、あん時から妙に艶っぽくなったが、ありゃあ善次郎のおかげだったのか」

「………」

「良かったな、お栄」

「ああ」

「そうか……うん、良かった」

北斎はそれきり目をつぶり、ただただ滝の音に耳を澄ましていた。お栄は膝の上に両腕を乗せ、その上に片頬を預けながら、瞑想《めいそう》している北斎の横顔を眺めた。

――もしあの時、親父殿とできてたら、いったいどうなってたろう。

北斎は八十半ば、自身も五十半ばになった身で、もはや想像もつかない。だが、二人の魂の結び付きは、以前よりもずっと強固になった。

北斎が言うように、今生《こんじょう》での修業を終えて雲の池へ行くのなら、たとえ魂だけになっても、大鬼蓮《おおおにばす》の葉のような大きくて頑丈な葉の上で、二人で頭を突き合わせて絵を描いていたい。

願わくば、北斎より先に死にたいが、おそらくそれは叶わないし、叶ったとしても、父の行く末が気になって、落ち落ち成仏もできないだろう。かと言って、北斎のいない世の中に興味はない。

北斎は北斎で、己が死んだ後のお栄の行く末を案じていて、北斎の代筆を務めた品物でも「葛飾応為で出しときな」などと言ってくる。少しでも名を広めて、贔屓がつくことを望んでくれているようだが、お栄にとってはどうでもいいことだ。北斎は、お栄の全てなのだから。

初めて『心中《しんじゅう》』という言葉を知った十代の頃から、お栄はこの言葉に強く心引かれていた。『相対死《あいたいじに》』のことを『心中』と呼びかえた人物は、称賛に値すると思う。『心中《しんちゅう》』とは『まことの心』。『まことの心の証』として、共に死ぬのが『心中《しんじゅう》』。

ならば北斎が死ぬ時には、己は心中《しんじゅう》しよう。それがまことの心だから。

――そん時は最後に、もう一回だけ呼んでやろう。親父殿ではなく、鉄蔵と。

小布施に着いて早々、二人は鴻山の依頼で二基の祭屋台《まつりやたい》を手がけた。

先に手がけたのは東町《ひがしまち》祭屋台の天井絵で、北斎が得意とする、龍と鳳凰《ほうおう》の二つの正方形の絵を横並びにして納めた。下絵を北斎が描き、彩色したのはお栄である。朱や鉛丹《えんたん》、金箔《きんぱく》などの高価な絵具をふんだんに使い、豪華な天井絵が出来上がった。

年明けに手がけた上町《かんまち》祭屋台の天井絵には、男浪と女浪を描いた。北斎が得意とする、浪絵の集大成とも言うべき作品であった。北斎の下絵に沿って、緑青や花紺青《はなこんじょう》といった艶やかな青を使い、お栄は大迫力の浪を塗り上げた。

完成した男浪女浪図を床に並べ、北斎が刷毛を執った。胡粉を溶いた白い絵具に浸し、中空で金網を構えると、刷毛で金網をこするようにして絵具を絵の上に飛び散らせた。無数の白い粒が二枚の浪絵の上に落ち、それは波しぶきが弾けるようにも、無数の星のようにも見えた。

「親父殿。この浪は、天空にも見えるね」

お栄が絵の出来映えに満足して言うと、

「そう見てくれてもいいがな。……こりゃあ、男女和合を描いた目出度《めでた》い絵じゃよ」

北斎はお栄の背後に立ち、柔和に笑った。

「男女和合？　ならこの、そそり立ってる男浪が魔羅で、渦を巻いてる女浪が開《つび》ってことかい？」

「さよう」

お栄は男浪女浪図と、北斎が右手にしっかりと握ったままの、胡粉を飛ばした刷毛とをまじまじと見比べた。

「なら、今撒いた浪しぶきは……」

「そう、子種じゃよ」

二人は一瞬顔を見合わせ、大いに笑った。

「なんとまぁ大胆な。さすがは親父殿」

お栄が目に涙をにじませていると、

「何か良きことがございましたかな？」

鴻山が現れた。男浪女浪を縁取る額縁は、鴻山が彩色することになっている。鴻山は男浪女浪に目を留め、

「これはお見事。敬服仕《つかまつ》る」

と、二人に深々と頭を下げた。お栄が必死で笑いをこらえるのを、北斎が何食わぬ顔で眺めていた。

男浪女浪の天井画が嵌《は》められた上町祭屋台の方は、屋台に立つ『皇孫勝《こうそんしょう》』の飾り人形の意匠も北斎が考え、下絵を描いた。

画狂老人卍〈八十八歳〉　弘化《こうか》四年（一八四七年）

「岩松院《がんしょういん》の天井画でございますか」

小布施に来て三年目の今日、北斎とお栄に、これまでにない大仕事がもたらされた。

「はい、是非ともお願いしとうございます」

住職がこたえた。

小布施のはずれの山の麓にある岩松院は、文明四年（一四七二年）に開山された曹洞宗の寺で、かつて俳人の小林一茶《こばやしいっさ》が立ち寄った際、『やせ蛙まけるな一茶これにあり』という名句を詠んだ、蛙合戦の池を有している。

「天井板を十二に分けて描いていただき、下で描いたものを、最後に天井に嵌め込むつもりでおります」

「まあ、その手法ならやれないこともあるまい。……のう、お栄」

「はい」

「つきましては、北斎先生には十二に割った縮小図の下絵を描いていただき、彩色に使う、絵具のおおよその量と、かかる日程を出していただきたいのでございます。金は惜しみませぬゆえ、長く後世に残る絵にしていただきたい。図案は是非、鳳凰でお願い致します。東町祭屋台の龍の天井絵に、惚れ込みましてな」

「かしこまりました」

お栄は丁寧に手をついて頭を下げながら、

「浪の絵の方じゃなくてよかったな、親父殿」

小声で囁いた。さすがに寺の天井に、性器を想定した絵を描くわけにはゆかない。

「おうよ」

北斎が頷いた。

北斎はかつて、百二十畳敷の紙に、達磨を二度、布袋《ほてい》を一度、描いたことがある。それらに比べれば本堂の天井画など二十一畳分と小さなものだが、あれはその場限りの余興で、後世に残る作品となると、おそらくこれが最初で最後の大仕事になるだろう。

「お栄、大丈夫か？　描くのはお前じゃぞ」

本堂の天井をぐるりと見渡しながら、北斎は問うた。と、お栄は、

「こんな大きな彩色画なんて、懐かしいねえ。子供の頃以来だよ」

と、無邪気に笑った。

「何のことを言うておる。巨大画にお前を連れて行ったのは護国寺の時じゃから、墨一色で色などついておらんぞ」

お栄は少し遠い目をして言った。

「違う違う。親父殿に会う、もっと前の話だよ。私の死んだお父っつぁんのことさ」

お栄が実の父親の話をするのは初めてだった。子供の頃は少しでも父親を思い出させること

があると引きつけを起こすので、北斎は何も尋ねなかったし、こと女も話そうとしなかった。

「お父っつぁんは、芝居の書割を描いてたんだ。ひどい父親だったけど、たまぁに機嫌のいい時は、小屋に連れてってくれてさ。お父っつぁんが書割を描くのを、ずっと見てたのさ」

何かが、北斎の記憶に引っかかった。

あれは遥か昔——。

そう、北斎が『二代目・俵屋宗理』を名乗り始めた頃、芝居の大道具方に会っている。

確かあれからすぐ、前の女房が死んで、こと女がお栄を連れて嫁いで来たのだが……。

「おまえ、お父っつぁんの顔は覚えてるか？　どこの芝居小屋だったとか、なんでもいい！」

「さすがに顔は忘れたよ。芝居小屋は……あれはどこだったっけなぁ。確か、八丁堀《はっちょうぼり》の近くだったと思うけど」

「八丁堀？　確かか？　他は!?」

お栄は子供の頃、父親から酷い折檻を受けていた。その頃の記憶を思い出させるべきではないとは知りながら、聞かずにはいられなかった。

「どうしたんだよ、怖い顔して？　……ああそうだ。似顔絵を描くのが得意だったよ、『団十《だんじゅう》郎《ろう》だ市松《いちまつ》だと騒いじゃいるが、あいつら本当はこんな顔してんだぞ』って、時々笑わせてくれたっけ」

「!!」

——もしや、お栄の実の父親はあの大道具方の男……写楽なのか？

お栄の顔が、男の顔に重なった。

六十代の終わり、北斎が中風で倒れて寝込んでいた時、看病で己を見下ろすお栄の顔が、ふと誰かに似ていると感じたことがあった。吊り目に張った頬。夢うつつの中、あの時一瞬、写楽の顔がお栄と重なったのだが、そのまま忘れてしまっていた。己の潜在意識が、それを認めたくなかったからなのかも知れない。

だが、そう考えれば合点がゆく。誰にも教えられずとも、見たままを絵に写せるお栄の天分は、父親譲りだったのか。

——待て待て。一緒に住んでる女が、一生治らない病だと言うのも……。

病持ちは、女房ではなく、娘のことだったのか⁉

「おめえがうちに来たのは、お父っつぁんが死んでどれくらい後だ？」

「ひと月くらい、後だったと思うけど」

——やはりそうか。

普段はあんなに早くから飲んで帰って来ないと、こと女は言っていた。だから留守の間に、お栄がボロボロにされたのだ、と。

——あの日わしは、写楽を蕎麦屋に誘った。まだ日暮れにもなっておらんかった。

先ほどから考えてはいるのだが、五十年以上も前のことで、肝心の、男の本名が思い出せない。

「お父っつぁんの名前は？　覚えているか？」

北斎は悲痛な表情で尋ねた。

「弥助だよ」

お栄がさらりと答え、北斎の目が見開かれた。

――弥助……！　そうだ間違いない、そんな名だった。あの男が、写楽がお栄の父親だったんじゃ！

かつて蔦重から、写楽が死んでしまったため、第三期以降の新作をありもので描くしかなかったと聞いた時、死因を聞きそびれた。特別な仕事だったとはいえ、折に触れ、『あの男はなぜ死んだのだろう？』といつまでも気になってしまうことを不思議に感じていた。もしあの時、川に落ちて死んだのだと聞いていれば、もっと早くお栄と繋がったことだろう。

「わしじゃ……」

「何が？」

北斎の身体が大きく揺れた。

「わしじゃ、わしじゃ、わしじゃ、……」

焦点の合わぬ目で、よろよろと庭に降り立った。

「親父殿！」

お栄が慌てて後を追い、北斎の帯を摑んで抱き止めた。

「いったい何なのさ？」

「お栄……すまんっ。すまん、お栄……。わしが、おまえの父親を殺したんじゃ。あの日芝居小屋で、おまえのお父っつぁんを飲みに誘ったのはわしなんじゃ。したたま飲ませて、別れた。……その後あの男は、おまえをボロ屑のようになるまで痛めつけてから、外に出て川に落ちたんじゃ……」

「なっ……」

北斎はお栄の両手を握りしめて、目に涙をにじませた。がむしゃらにこの娘を守ろうと決意した陰には、自身でも気づかぬ罪の意識があったのかも知れない。

そしてまた、お栄は枷《かせ》でもあり、相棒でもあり、競争相手でもあった。初めは弟子として、やがて仕事の補佐役として、しまいには敬意を払う絵師として、ずっと側にいてくれた。だからこそ、己はここまで精進し続けることができたのだ——。

お栄は驚きのあまり、しばらく口が聞けないでいた。

「鉄蔵……」

身体を折って嘆《なげ》く老人に、優しく呼びかけた。北斎が、涙に濡れた顔を上げた。

「ありがとう、鉄蔵。あそこから助け出してくれて。……さっきは懐かしくていいことしか言わなかったけど、私にとってあの家は地獄で、お父っつぁんは鬼だった。鉄蔵が鬼を退治してくれた。やっぱりあんたは、私の全部だ。……ありがとう、鉄蔵。私を守ってくれて。……ありがとう、私を絵師にしてくれて……」

お栄は力一杯、北斎のゴツゴツと痩せて骨ばった身体を抱きしめた。

「それに、鉄蔵は少しも悪くないさ。だってお父っつぁんに無理やり酒を飲ませたわけじゃないだろう？　あの人のことだ。勝手に正体をなくすぐらい飲んで、酔い潰れて死んだんだ。罰《ばち》が当たっただけのことさ」

母に連れられ、新しいお父っつぁんだと教えられた若い頃の北斎は、寡黙な大男だった。はじめはニコリともしない男を恐れ、母親の陰から出られなかったお栄だったが、荷物を取りに戻るからと二人きりにされても、何も話しかけてもこず、絵に没頭する男に、警戒心が解けていった。

さらに男は、お栄に筆を与え、描くことを教えてくれた。実の父親は、一度たりとも、お栄に筆など持たせてくれたことなどなかったのに……。

「俺は一生をかけておまえを守ってやる」

筆にかけてそう誓ってくれたあの日から、今の今までずっとずっと、北斎はお栄の全てだった。

嫁に行っても三年で出戻り、子供もいない。女らしく装うこともしなかった。絵師として描いて来たものも、ほとんどが北斎の手伝いで、己の名で描いたものは僅かではあったが、これまでの生き方に一片の悔いもない。己の絵で、北斎の名をあげることができたのだから。

恐ろしく気が利かない不器用な自分が、罵られることなく、己を卑下することもなく生きてこられた。少なからず賞賛までされた。なんと言っても、この世で一番優れた絵師について、絵を描き続けて来られたのだ。なんと恵まれた人生であったことよ。

きっと前世も来世も、未来永劫、私たちは一緒だ――。

いた。

岩松院の天井画『八方睨み鳳凰図』は、嘉永《かえい》元年（一八四八年）に完成し、人々の度肝を抜

その名の通り、どこから見ても鳳凰と目が合うように描かれている。またその目の周りは盛

り上がるように胡粉が盛られ、鳳凰の眼差しに迫力を与えている。

体を覆う羽は松重ね、尾は芭蕉、産毛は柳と、長寿を意味する植物で模され、高価な紅と金

箔がふんだんに使われて、画材だけでその総額は千五百両を超えている。

未来永劫、小布施の守り神になるようにとの願いを込めて、お栄と高井鴻山、小布施で新し

くできた北斎の弟子たちによって、『八方睨み鳳凰図』は彩色され、天井に嵌め込まれた。

北斎にとっても、紛《まご》う方《かた》なき集大成であった。

終章

お栄〈六十二歳〉　嘉永五年（一八五二年）

終わった——。

お栄は、高井鴻山からの最後の注文の品々を描き上げ荷造りを終えた。

中でも大作は、対になった二幅の龍虎の図であった。

蔦が絡む岩場で咆哮《ほうこう》をあげる虎は、降りしきる雨の中、天空を見つめている。

水墨画のごとき龍図は、黒雲の中から禍々《まがまが》しくもおどろおどろしい姿を浮かび上がらせている。その目線は虎に注がれており、二つの目線が合致する。

龍を描いたのは北斎だった。絶筆に近い作品で、持てる力の全てを注ぎ込み、かすむ目と動かぬ身体で、執念でこの絵を描き上げた。

虎を描いたのはお栄であった。使った絵具は同じであるが、北斎が全体に色を入れたのに比べ、お栄は得意の色合わせで、虎の橙色と蔦の実の紫が鮮やかに浮かび上がっている。

『対幅の龍虎図』との依頼を受けた時、親子で一幅ずつ描くと北斎が決めた。龍と虎の目線が合っていなければ、また表装が全く同じでなければ、対幅とは気づかないほど二枚の絵は画風が違う。

「合わそうとしなくていい。おまえはおまえの虎を描け」

北斎の命に従って仕上がった絵を並べると、北斎は両方の絵に『九十老人卍筆』と名入れし、『百』の印章を捺した。もはやその字は弱々しいが、百歳まで生きようとする証である。

描き上がったのは三年も前なのに、お栄はこの掛け軸を最後の最後まで手放せないでいた。これは親と子の、師と弟子の、最後の合作なのだから……。

小布施行きの荷を送り出して帰って来たお栄は、ぺたりと座り込んだ。

これで、全ての約束は果たした。残る仕事はあと一つ。

お栄は至極ゆっくりと墨をすると、そよぐ風とてない水面のように、澄み切った心を周囲に放った。

水面が鏡となって景色の全てを映すかのように、お栄の心はゆだねきられた。万物を受け入れ、決して誰にも気づかれない、無我の境地に自分を置いた。

描くべきものは、ずっと心の中にあった。

お栄は閉じていた目をそっと開くと、筆に墨を含ませ、一気に描ききった。

天にそびえ立つ富士の山。中央に深い山々が続き、真ん中に臍《へそ》の穴のようなへこみがあった。

そこにお栄は阿弥陀如来の絵を描き込んだ。足下には滝が流れていて、仏に続く二本の道が通っている。

一本の道はすでに鉄蔵こと北斎が通り、辿り着いた道。そしてもう一本は……。

描き終えた絵を巻物に仕立ててくるくると丸めると、お栄はその絵を抱え、かねてから用意してあった通行手形を携えて旅に出た。


三年前の嘉永二年（一八四九年）四月十八日の明け方、山谷堀《さんやぼり》にある遍照院《へんじょういん》の裏店で、お栄は北斎を亡くした。享年九十。

今際の際で北斎は、弟子たちに囲まれ、弱い呼吸を繰り返しながら、

「……わしはまだ死ねん……。まだじゃ……まだ……」

と言い続けていたが、突然大きく息を吸い、

「天があと十年、命を長らえさせてくれたら……」

と悔しげに言い、お栄の手をぐっと握りしめた。今にも息絶えようとしている父の、どこにこれだけの力が残っているのかと驚いたほどである。

「師匠！」

「先生！」

弟子たちや版元が口々に叫んだ。

「鉄蔵」

お栄は北斎の右手を取り、優しく呼びかけた。

「……いや……あと五年でいい。あと五年、命を保たせてくれたら……わしは真の画工となり得たはずじゃ……」

絵への執着が北斎を生かし、また苦しめてもいた。

「何言ってんだい。親父殿はとっくに、真の画工じゃないか。未来永劫、日本国中が束になってかかって来ても敵わない、北斎先生は真の画工だよ」

お栄が北斎の手を握りしめて言うと、皆が口々に同意した。続けてお栄は北斎の耳に唇を寄せ、震える声で囁いた。

「あたしは、もう大丈夫だから……」

北斎の眉間の皺がほどけた。

「一人で、生きて、ゆける、から……」

お栄が一言一言をはっきり告げると、北斎は満足げな目でお栄を見返した。

「だから、先に行って、待っていておくれ。雲の蓮池で、釣り糸を垂れながらさ……」

北斎は目を潤ませてうなずいた。

「わしが……真の画工になれたというのなら……それはお栄、おまえの……おかげじゃ……」

北斎はホッと仰向けになって目を閉じ、大口を開けて欠伸《あくび》をするかのように最後の息を吸うと、そのまま硬直した。その瞬間、左の北斎の掌から、もはや汚れ、磨り減って黒い塊と化した阿弥陀如来の木像がポロリとこぼれ落ちた。かつて仏師である父・清七が、鉄蔵に与えた仏像であった。

「ありがとう、鉄蔵……」

お栄は、北斎の右手に頬をすり寄せた。幾千もの画業を残した絵師の手であった。

自分が身罷《みまか》ったら開けるようにと言われていた辞世の句を開くと、そこには、

『人魂で 行く気散《きさん》じや 夏野原』

と書かれてあった。『死んだら気晴らしに、夏の野原でも散歩しようか』という、のどかな句である。

一同は、北斎の死を悼《いた》みながらも、

「師匠は夏まで生きるつもりだったのか」

「あと十年、五年と、往生際が悪かった割には、人魂で散歩とはとんだ見栄っ張りだ」

と、すぐに泣き笑いになった。北斎は、年明けにはまだ絵が描けていたが、すでに先月から、筆も持てなくなっていた。皆、覚悟ができていたのである。

お栄も笑った。底知れぬ不安を押し隠して――。

瀑声が近づいて来た。この先で道は途絶え、切り立った崖になっている。

お栄の足は次第に早くなり、しまいには駆け出していた。目からは滝のように涙が溢れている。

三年間、考えると叫び出してしまいそうな喪失感を胸に抱え、それを封じ込めるようにして生きてきた。

この時が来るまでは決して泣かない。そう心に決めて――。

夜中にふと目覚め、隣に鉄蔵がいないとわかると気が狂いそうになる。そんな夜を幾度過ごして来たことか。

もう、我慢しなくていい。好きなだけ、思う存分泣いてもいい。鉄蔵を失った悲しみを解放し、涙も声も涸れるまで吐き出してやる。

崖の縁に立つと、谷を挟んで滝が見えた。

かつて、鉄蔵との旅の途中、この景色に圧倒された。

滝の裏には石仏が並んだ道があり、そこに一緒に座って、裏から滝が落ちるのを飽くまで眺めた。その後、滝壺に降り、瓢簞《ひょうたん》に水を汲んだ。不老不死の水と信じて――。

鉄蔵！　鉄蔵!!　鉄蔵!!!

あんたは私であり、私はあんただった。

唯一無二の、何人たりとも踏み込めない、魂で結びついた二人――。

私の世界はあんたを中心に回り、あんた以外、何も見えなかった。あんたの他に、何も欲しいものなどなかった。


……もう、そばに行ってもいいよね。

私、三年も、よく一人で、頑張った……よね。

お願いだから迎えに来てね。目を開けたら、必ずそばにいてください。

あんたがいない世の中に、私はもうひとときも耐えられそうにないから……。

お栄は対岸に回り込んで滝口に立った。薄闇が辺りを覆い始めたこの時刻。山際が白く赤く輝き、天に向かって藍ぼかしが入っている。

一通り空を眺めると、お栄は滝壺を見下ろした。かつて明るい陽射しの下で見た、鮮やかな緑の滝壺は、今や漆黒の闇がポカリと口を開けている。

鉄蔵はこの仙ヶ滝を、仙人の滝としか言わなかったけれど、本当の名前の由来は、かつて松《まつ》井田城《いだじょう》落城の際、城主の娘のお仙が身を投げたことから名付けられた滝だと聞いている。共に死にたいと、心中したいと願い続けた思いが、今やっと叶えられる――。どれほどこの時を待ち望んだか。巻物に描いたもう一本の仏の道を、自分は今、渡ってゆくのだ。

お栄は顔を天に向け、わずかに光が残る空の中心に目を凝らした。ふいに微笑みを浮かべると、

「鉄蔵ーッ！」

巻物をしっかりと胸に抱え、お栄の姿は瀑布に消えた。


（完）

◉主要参考文献

「葛飾北斎伝」飯島虚心 著・鈴木重三 校注（岩波文庫）
「北斎研究紀要」（北斎研究所）
「HOKUSAI 画狂老人葛飾北斎」（財団法人　北斎館）
「肉筆　葛飾北斎」（財団法人　北斎館）
「葛飾北斎の本懐」永田生慈（角川選書）
「もっと知りたい葛飾北斎　生涯と作品」永田生慈 監修（東京美術）
「新・北斎展　HOKUSAI UPDATED」図録　永田生慈 監修
（日本経済新聞社・NHK・NHKプロモーション）
「北斎娘・応為栄女集」久保田一洋（藝華書院）
「北斎―富士を超えて―」図録（あべのハルカス美術館）
「北斎の帰還　幻の絵巻と名品コレクション」図録（すみだ北斎美術館）
「パフォーマー☆北斎〜江戸と名古屋を駆ける〜」図録（すみだ北斎美術館）
「北斎だるせん！」図録　名古屋市博物館「北斎だるせん！」展実行委員会
（名古屋市博物館・中京テレビ放送）
「太陽浮世絵シリーズ　北斎」（平凡社）
「別冊太陽　北斎決定版」浅野秀剛 監修（平凡社）
「謎解き北斎川柳」宿六心配（西山新平）（河出書房新社）
「艶色浮世絵全集　第六巻 北斎」福田和彦（河出書房新社）
「北斎を小布施につれてきた男　高井鴻山」山崎 実 監修（小布施町教育委員会）
「高井鴻山夢物語」山崎 實（高井鴻山記念館）
「続高井鴻山物語」山崎 實（高井鴻山記念館）

時代考証／大石学
協力／橋本健一郎
本間喜義
いつか事務所

本書は書き下ろしです。

［著者略歴］
車 浮代（くるま・うきよ）
時代小説家／江戸料理文化研究所代表。江戸風キッチンスタジオを運営。故・新藤兼人監督に師事しシナリオを学ぶ。第18回大伴昌司賞大賞受賞。著書は『蔦重の教え』(双葉文庫)、『落語怪談 えんま寄席』(実業之日本社文庫)、『春画入門』(文春新書)、『天涯の海 酢屋三代の物語』(潮文庫)、『江戸っ子の食養生』（ワニブックスPLUS新書）など20冊以上。国際浮世絵学会会員。
オフィシャルサイト：kurumaukiyo.com

気《き》散《さん》じ北《ほく》斎《さい》

2024年2月10日　初版第1刷発行

著　者／車 浮代
発行者／岩野裕一
発行所／株式会社実業之日本社
〒107-0062
東京都港区南青山6-6-22　emergence 2
電話（編集）03-6809-0473　（販売）03-6809-0495
https://www.j-n.co.jp/
小社のプライバシー・ポリシーは上記ホームページをご覧ください。

ＤＴＰ／ラッシュ
印刷所／大日本印刷株式会社
製本所／大日本印刷株式会社

ISBN978-4-408-53852-5（第二文芸）

車浮代　好評既刊

落語怪談　えんま寄席

ここは落語の世界の住人が死後にやってくる「えんま寄席」。閻魔様を納得させれば天上界へ。怒りを引き出せば地獄へ堕ちる。「芝浜」「火事息子」「明烏」など古典落語の登場人物が意外なお裁きを受ける、本当は怖い大人の落語ミステリー！

実業之日本社文庫